U0947367

闲情逸趣

青岛市文学艺术界联合会 编
名誉主编 耿林莽 主编 王泽群 副主编 韩嘉川 栾承舟
本册主编 雨倾城

青岛出版社
QINGDAO PUBLISHING HOUSE

本书编委会

总　序

回望百年　美不胜收

耿林莽

第一位将域外散文诗译介到中国来的作家，是刘半农。早在1915年，他便在《中华小说界》第2卷第7号上发表了以《杜谨纳夫之名著》为题的四篇散文诗，“杜谨纳夫”即屠格涅夫。中国第一位创作散文诗的，也是刘半农。他的第一篇散文诗《晓》，发表在1918年《新青年》杂志第5卷第2期上。当时，他也许不是有意写的，但这个《晓》对于黎明初降时的诗意描绘，却恰恰成为中国散文诗诞生的一个极具蓬勃生命力的美好象征。虽属巧合，但也算是百年散文诗史上的一段佳话。

这篇《晓》仿佛是一声雄鸡的报晓，迅即唤起文学界散文诗创作的热潮。“五四”时期，文学界先锋人物对新生事物是很敏感的，当时几乎所有一流作家都投入到这一新兴文体的创作，鲁迅、郭沫若、茅盾、巴金、冰心、朱自清、沈尹默、郑振铎、周作人、王统照、徐志摩、许地山、焦菊隐、徐玉诺，等等，皆有散文诗佳作，真的是热闹非常。可以说，中国散文诗这一新文体，拥有一个极富尊严、充满朝气的草创期。当然由于作家们初涉这种文体，对其了解难免粗浅，有些作品质量不高，也是正常现象。直到鲁迅的《野草》问世，局面才有所改观。

早在1919年，鲁迅就以神飞为笔名，在《国民公报》副刊《新文艺》上发表了一组散文诗《自言自语》，形式上与流行散文诗相近。由此可见，他也是中国最早投入到散文诗创作的作家之一，对这一新兴文体，早已心怀敬意充满热情。《野草》的问世则是其散文诗形成自身独特风格，和中国散文诗由幼稚走向成熟的一个标志。它不仅是中国散文诗的一座高峰，在世界散文诗史上，也是一座丰碑。说它是高峰，是丰碑，除其展现了作者深厚的文学素养与不同凡响的语言造诣等艺术上的因素外，更重要的是它展示了散文诗这一文体的美学特质，扭转了人们对它的误解。误解包含：认为它不过是一些华丽词语的堆砌，小资情调的抒发，个人心境与身边琐事的笔现。其实并非如此，孙玉石先生在他的《〈野草〉与中国现代散文诗》一文中告诉我们：《野草》启示人们要把人的诗情与时代的斗争紧密联系起来；内心矛盾的严峻解剖和象征方法的完美运用，形成了《野草》这部散文诗集充满诗意而又富于哲理，幽远奇峻而又凝练深警的抒情色彩。譬如，在《过客》这篇寓言式的以戏剧形式展开的诗境中，渗透了生命意识无比辉煌的力量，和一种崇高悲剧美的苍凉与悲壮。无论前面是野地，是坟，是黄昏，是黑夜，“我只得走，我还是走好吧……”他“即刻昂起了头，愤然向死走去”，这便是“过客”的形象，鲁迅为我们塑造了一个不朽的“知其不可为而为之”的战士和诗人的典型形象。

《野草》发表之后的20世纪30年代，有学者认为散文诗创作进入了低谷，我觉得并非如此，相反，与草创期相比，她呈现出渐趋成熟的态势。草创期虽然大家云集，气氛热烈，不少人不过是偶尔为之，浅尝辄止，对散文诗文体的认识也不够深刻，这是很自然的现象。30 年代出现了专业性散文诗作家，如何其芳、丽尼、陆蠡、马国亮等，他们的作品已经相当成熟地显示了散文诗的美学优势，特别是何其芳的《画梦录》。这部作品原本是以散文集名义出版，且获得《大公报》文学奖的殊荣，然而人们因其浓郁的抒情性魅力和突出的诗美意境，普遍地将其视为优秀的散文诗样本，它在当时产生了很大影响。

20 世纪 30 年代末期到 40 年代，抗日战争和解放战争期间，文艺作品服务于斗争需要成为必然。作为散文诗自身的文体发展，基本上稳定地延续了前期风格，没有出现太大变化。郭风和刘北汜编选的一套《曙前散文诗丛书》，收入田一文、莫洛、羊翚、彭燕郊、刘北汜、叶金、陈敬容等人的作品，大体可以呈现这一时期散文诗的面貌。新中国成立以后，形势大变，散文诗以郭风的《叶笛》和柯蓝的《早霞短笛》为代表，吹响了时代的最强音。笛声中洋溢着明朗、欢快和昂扬的朝气，体现了当时人们的喜悦与乐观情绪。不过，1957 年流沙河因《草木篇》，徐成淼因《劝告》而遭受的打击和苦难，却也在散文诗史上留下了一抹记忆的暗影。再以后便是“文革”横扫一切的风暴，散文诗沦入长达十多年的“空白期”。其间，许多人因散文诗而惨遭批判和迫害，即使柯蓝的《早霞短笛》那样洋溢着歌颂与赞美的作品，也未能逃脱姚文元棍棒的打击。

苍天有眼，否极泰来。改革开放以后，散文诗迅即复苏，随后便是空前的繁荣。在 20 世纪 80 年代文学进入复苏的大背景下，柯蓝、郭风等人为散文诗四处奔走游说，推动了散文诗的振兴，这固然是重要的因素，但更关键的是整个文化环境趋向宽松。经过30多年的蓬勃发展，中国散文诗已经进入了成熟和丰收的繁荣期。一大批老中青散文诗作家不断涌现，优秀作品层出不穷，美不胜收，以及发表阵地不断扩大，诗集、选集、年选、丛书大量出版，理论研讨、评奖活动十分活跃，如此等等，真的是史无前例。种种情况，难以赘述，读者从这部《中国散文诗一百年大系》中，自会有直接的感受。

且让我们来一睹这部《中国散文诗一百年大系》的风采。

王泽群是一位散文诗作家，虽然他并非以散文诗为创作主项，但对散文诗事业却十分热心。为了纪念中国散文诗的百年诞辰，他倡议、策划、组织了《中国散文诗一百年大系》这部大型丛书的出版，邀请了韩嘉川、何敬君、栾承舟、栾纪曾、王亚平、雨倾城、高伟和霜扣儿八位诗人参与编选，第一本拟选入百年中有代表性的经典作品，这是一个规模宏大的工程。策划中决定的丛书任务，一是为百年散文诗的经历提供一份可资参考的作品史料；二是为读者推荐百年来的优秀散文诗作品。后者应是主要目标，因为绝大多数读者的兴趣，毕竟是在优秀散文诗的阅读欣赏方面。

悠悠百年，作品浩繁，大海捞针，百里挑一，编选工作的难度可想而知。早期作品的挑选难度在于资料匮乏，即作品少；当代作品的挑选难度在于作品多。面对这一实际情况，在选入作品的分量上，自然是今多昔少，这其实亦属必然。后来者居上，散文诗百年的发展，质量的逐步提升是必然的趋势，选入的当代优秀作品，包括一些年轻作家的作品，其美学高度已远超前人，这一点读者从大系中将会获得印证。

面对百年，尤其是当代散文诗，编选过程中的体验与思考颇多。择其要者，略述一二，向读者做一汇报。

1. 散文诗的文体属性问题，在国外，是很明确的。散文诗的开创者之一波德莱尔在谈及《巴黎的忧郁》时说："总之，这还是《恶之花》，但更自由、细腻、辛辣。"《恶之花》是诗集，那么《巴黎的忧郁》也是诗，是明确无误的了。国外的许多诗人，都把散文诗与分行诗一齐收入诗集出版，也是一个明证。但是在中国，多年流行的一种观点则是，散文诗是诗与散文的杂交品种，或边缘文体，也就是说，散文诗既可以是诗，也可以是散文，或诗或文，亦诗亦文。这就在很长时期中，对作者和读者造成了属性模糊不清的印象，许多人将短小的抒情散文误认成散文诗，导致一些散文诗严重散文化的倾向，对散文诗的发展十分不利。当代散文诗的后期，散文诗本质是诗的观念才得以确定。散文诗是自由诗的发展，为了强化诗的表现力，引入复杂情节而将散文的因素融入其中；散文是以"移民"的身份被吸入并加以改造而为其服务的。我提出"化散文"而不是"散文化"的观念，得到人们的共识。现在，散文诗已被公认为是归属于大诗歌谱系，与自由诗、古体诗并立的三大诗体之一。中国作协鲁迅文学奖的诗歌项目，也是这样安排的，这说明散文诗的文体归属问题，终于尘埃落定了。这是当代散文诗顺利发展的一个重要因素。大系编选过程中，也是按此认识处理的。

2. 对于散文诗的产生，人们多从其艺术形式上考虑，很少关注到它的时代背景，其实这一点至关重要。《巴黎的忧郁》是在资本主义发达社会，商品化对人性扭曲与异化的背景下产生的，五十篇作品几乎全是“他者”忧郁的陈述,而非作者个人的哀愁或闲愁,更不是供人赏玩的“小摆设”之类。揭示疮疤,治疗疼痛,拯救灵魂,呼唤人性,这才是散文诗这一文体在内容上的本质属性。散文诗传入中国后,却一度出现了大量内容空虚,专门抒发个人情感的小资情调,甚至是无病呻吟的作品。矫揉造作,扭捏作态的不良诗风随之流行,这极大地损害了散文诗的声誉,引起一些人对这一文体的冷漠和非议。鲁迅的《野草》之所以可贵,正在于他以其关注时代、关注现实,以及凝重而深厚的社会内容,还散文诗应有的本质属性。经过多年努力,当代散文诗的主流走向,已逐渐归于正常。对于这一问题,我曾提出过“要沉甸甸,不要轻飘飘”的主张,是有针对性的,现在看来,或亦有其片面性。“沉甸甸”固然需要,“轻飘飘的”,即那些清浅之作,也自有其审美价值。对于这个问题,谢冕的《散文诗说》中有段话说得很好。他说:“这是青春的文体,优美、轻盈、灵动、隽永,还有始终如一的高雅,以及始终拒绝粗鄙化的坚守。从主要的表现形态来说,散文诗似一幅幅水墨山水画,淡淡的、浅浅的,如山间的云霞。”在这个问题上,时刻都不要忘记多样化的要求,大系的编选中,处理是恰当的。

3. 人们为什么爱读散文诗?是为了满足审美的需求。有人说“散文诗是美的尤物”,美文性是它的一大优势。因此,我们将美视为散文诗的依归。选编过程中,以美的追求为首要目标。较难处理的是美与意义的关系问题,在“文以载道”的观念深入人心的中国,人们对文学作品的教育意义,即思想性十分重视,散文诗亦然。在创作过程中,如果从意义出发,即所谓“主题先行”,容易使作品形成说教;如果以形象阐释思想,会削弱诗美吸引力。

要正确解决这个问题，还需从认识上入手。什么是美？美是真善美的统一，意义、思想不应该是对美的强加，而是其内在生命不可分割的组成部分。也就是说，美隐含着意义，严格地讲，没有意义的美是不存在的。我们常讲的“德智体美”，美本身便是一“育”。散文诗正是通过美的形体，给予读者以优美情操、健康思想和精神文化修养上潜移默化的影响而实现其“教育意义”的。理直气壮地将审美作为散文诗价值的核心来处理，是大系编选过程中所遵循的一条原则。

愿《中国散文诗一百年大系》搭起的这座桥梁，能帮助您抵达中国百年散文诗的彼岸，获得一次审美的满足。

序

有谁曾爱过你百年的容颜

雨倾城

一盏灯下，除了寂静，没有其他。

2017 年的冬日，一本《中国散文诗一百年大系》之《闲情逸趣》结集。

梦境和梦想，成了真。

有多爱，就有多坚持。

世事纷扰，浮生偷闲。在散文诗百年的编选录入中，很多很多的日子优哉游哉，心无旁骛，个中滋味，不足为外人道。

编选、搜集、阅读、生活，在此处。四季到我窗前，又逍遥飞去。

人在忙碌中，心在最好处。

还有什么，比这更令人欢喜？

朋友笑着对我说："世界很忙，而你刚好愿意为它有空。世上的每一种好，都只为懂它的人盛装而来。"

我也笑。

散文诗,是我的笑容。

我有百年散文诗的闲情逸趣,你有酒吗?

有人问,何为闲情?何为逸趣?

我以为,闲情,是孤独的乐趣。逸趣,是超脱的情怀。

自古至今,闲情逸趣一直是文人墨客们望不尽的春,更是百态人间里艺术的生活和人生的理想。“无事此静坐,一日当两日”是闲情逸趣,“吾心似秋月,碧潭清皎洁”是闲情逸趣,“晚来天欲雪,能饮一杯无”是闲情逸趣,“千山鸟飞绝,万径人踪灭”是闲情逸趣,“一夜雨声凉到梦,万荷叶上送秋来”是闲情逸趣,“闲坐小窗读周易,不知春去几多时”是闲情逸趣,“雨中山果落,灯下草虫鸣”是闲情逸趣,“日长何所事,茗碗自赍持”亦是闲情逸趣……

他们拒绝世俗羁绊,感悟感慨,妙语成篇。

你知道吗?

中国百年散文诗,不管天低云淡,漫天风雨,走着她自己的路,这也是百年有情有趣的抒情,如一杯好酒在喉。

归入闲情逸趣卷的,大多以情感人,以意境动人,以文辞袭人……曲折微妙在其中,宁静幽远在其中,壮阔清丽在其中,温婉缠绵在其中……美与自然,贯穿全书。它们格调各异,情在笔端;它们诗意荡漾,韵在骨髓。你只需细品,则万里风云激荡,百年人生芳华。

置身其中,你能听见长长的回声……

一代代的散文诗人，建立起一个不同于散文、小说、戏剧、诗歌的别样的诗意文化王国。

他们就这样向你走来……

那么多人，为散文诗的繁荣兴盛而不懈努力，孜孜探索；那么多人，反对浮华，遇见自然，带给我们不同的阅读期待、美学享受。

散文诗有幸，中国有幸，遇见了有情有义的他们。

梳理这些文字，无异于披沙拣金。那一次次打动我的，是他们的闲情逸趣，是他们日常优雅不俗的情趣，也是他们俯仰天地、活在世间又活在内心的大大小小的万种情怀。他们怀着一颗敏感丰富的诗心，穿越人群，到自然中去，到梦想中去，视野各异，情趣各异，风格表达各异。他们的作品无一不给我们带来了日常生活中的生活之悟、哲学之思、人性之美。

世界如此疲倦，如此忙碌，他们却愈加向往自在清闲，愈加热爱活色生香，做一次次思想的、意志的远游。

此身合是诗人未？

山山水水，风花雪月，他们逐一纳入视野。

他们在为人处世中诗意安宁，豁达深邃，洞见理想。“万物有道，那是世界的声音。”你喜欢吗？他们在山水之间的悠游闲逸、优雅静观，他们在文字之中的孤独寂寞、悲悯怅惘、脱胎换骨、灿烂丰富、无所不能。他们与你相遇并自我完善，且从你的全世界本色透明地路过。

这样的一生，算不算无可辜负？

这样的日子，是不是比昨天好一些，又再好了一些？

人生，从来都是靠自己成全。天地无情，时间无情。但有时，心事过重的我们却能在散文诗里安逸安闲、安然无恙。

所以,热爱散文诗,阅读《闲情逸趣》吧。

到这里来,把精神安放于此。在这里,你能怡情悦性,找到快乐,找到安宁。

“志合者不以山海为远”,沧海百年,红尘万里,《闲情逸趣》期待你的喜欢和共鸣,然而囿于个人阅读的局限,一些好作品可能未被录入,遗珠之憾难免。恳请见谅。

感谢散文诗。

感谢这一年的编选时光。

感谢委托我编选此卷,给予我最大信任和鼓励的《中国散文诗一百年大系》的同道和老师们。

目　录

周作人

周作人(1885—1967),本名櫆寿,浙江绍兴人。著有文集《自己的园地》《雨天的书》等50余种。

过去的生命

这过去的我的三个月的生命,哪里去了?
没有了,永远地走过去了!
我亲自听见他沉沉地缓缓地一步一步地,
在我床头走过去了。
我坐起来,拿了一支笔,在纸上乱点,
想将他按在纸上,留下一些痕迹——
但是一行也不能写,
一行也不能写。
我仍是睡在床上,
亲自听见他沉沉地,他缓缓地,一步一步地,
在我床头走过去了。

4月4日在病院中

(选自《过去的生命》,北新书局,1929年)

胡　适

胡适(1891—1962),本名嗣穈,字适之,安徽绩溪人。著有《尝试集》《胡适文存》(四集)等。

看　花

院子里开着两朵玉兰花,三朵月季花,
红的花,紫的花,衬着绿叶,映着日光,怪可爱的。
没人看花,花还是可爱;
但有我看花,花也好像更高兴了。
我不看花,也不怎么;但我看花时,我也更高兴了。
还是我因为见了花高兴,故觉得花也高兴呢?
还是因为花见了我高兴,故我也高兴呢?
人生在世,须使可爱的见了我更可爱,
须使我见了可爱的我也更可爱!

(选自诗集《尝试集》)

郭沫若

郭沫若(1892—1978),四川乐山人。全部作品编成《郭沫若全集》(38卷)。

路畔的蔷薇

清晨往松林里去散步,我在林荫路畔发现了一束被人遗弃了的蔷薇。蔷薇的花色还是鲜艳的,一朵紫红,一朵嫩红,一朵是病黄的象牙色中带着几分血晕。

我把蔷薇拾在手里了。

青翠的叶上已经凝集着细密的露珠,这显然是昨夜被人遗弃了的。

这是可怜的少女受了薄幸的男子的欺绐,还是不幸的青年受了轻狂的妇人的玩弄呢?

昨晚上甜蜜的私语,今朝的冷绿的露珠……

我把蔷薇拿到家里来了,我想找个花瓶来供养她。花瓶我没有,我在一只墙角上寻着一个断了颈子的盛酒的土瓶。

——蔷薇哟,我虽然不能供养你以春酒,但我要供养你以清洁的流泉、清洁的素心,你在这破土瓶中虽然不免要凄凄寂寂地飘零,但比遗弃在路头被人践踏了的好吧?

(选自《橄榄》,创造社,1928年)

芍 药

昨晚往国泰后台去慰问表演《屈原》的朋友们，看见一枝芍药被抛弃在化妆桌下，觉得可惜，我把它拣了起来。

枝头有两朵骨朵，都还没有开。这一定是为屈原制花环的时候被人抛弃了的。

在那样杂沓的地方，幸好是被抛在桌下没有被人践踏呀。

拿回寓里来，剪去了一节长梗，在菜油灯上把切口烧了一会，便插在我书桌上的一个小巧的白瓷瓶里。

清晨起来，看见芍药在瓶子里面开了。花是粉红，叶是碧绿，颤巍巍地向着我微笑。

4 月 12 日

（选自《中国现代文学百家——郭沫若》）

许地山

许地山(1894—1941),笔名落华生,也叫落花生,祖籍广东揭阳。著有《花》《落花生》等。

蝉

急雨之后,蝉翼湿得不能再飞了。那可怜的小虫在地面慢慢地爬,好不容易爬到不老的松根上头。松针穿不牢的雨珠从千丈高处落下来,正滴在蝉翼上。蝉嘶了一声,又从树的露根摔到地上了。

雨珠,你和它开玩笑吗?你看,蚂蚁来了!野鸟也快要看见它了!

(选自《小说月报》,1922 年 4 月)

梨　花

她们还在园里玩,也不理会细雨丝丝钻入她们的罗衣。池边梨花的颜色被雨洗得更白净了,但朵朵都懒懒地垂着。

姊姊说:“你看,花儿都倦得要睡了!”

待我来摇醒它们。

姊姊不及发言，妹妹的手早已抓住树枝摇了几下。花瓣和水珠纷纷地落下来，铺得银片满地，煞是好玩。

妹妹说："好玩啊，花瓣一离开树枝，就活动起来了！"

"活动什么？你看，花儿的泪都滴在我身上哪。"姊姊说这话时，带着几分怒气，推了妹妹一下。她接着说："我不和你玩了，你自己在这里吧。"

妹妹见姊姊走了，直站在树下出神。停了半晌，老妈子走来，牵着她，一面走着，说："你看，你的衣服都湿透了，在阴雨天，每日要换几次衣服，教人到哪里找太阳给你晒去呢？"

落下来的花瓣，有些被她们的鞋印入泥中；有些粘在妹妹身上，被她带走；有些浮在池面，被鱼儿衔入水里。那多情的燕子不停歇把鞋印上的残瓣和软泥一同衔在口中，到梁间去，构成它们的香巢。

我　想

我想什么？

我心里本有一条达到极乐园地的路，从前曾被那女人走过的；现在那人不在了，这条路不但荒芜，并且被野草、闲花、棘枝、绕藤占据得找不出来了！

我许久就想着这条路，不单是开给她走的，她不在，我岂不能独自来往？

但是野草、闲花这样美丽、香甜，我怎舍得把他们去掉呢？棘枝、绕藤又那样横逆、蔓延，我手里又没有器械，怎敢惹他们呢？

我想独自在那路上徘徊，总没有实行的日子。

日子一久，我连那条路的方向也忘了。我只能日日跑到路口那个小池的岸边静坐，在那里怅望和沉思那草掩、藤封的道途。

狂风一吹，野花乱坠，池中锦鱼倒是好饵来了，争着上来唼喋。我所想的，也浮在水面被鱼喋入口里；复幻成泡沫吐出来，仍旧浮回空中。

鱼还是活活泼泼地游；路又不肯自己开了；我更不能把所想的撇在一边。呀！

我定睛望着上下游泳的锦鱼；我的回想也随着上下游荡。

呀，女人！你现在成为我“记忆的池”中的锦鱼了。你有时浮上来，使我得以看见你；有时沉下去，使我费神猜想你是在某片落叶底下，或某块沙石之间。

但是那条路的方向我早忘了，我只能每日坐在池边，盼望你能从水底浮上来。

（选自散文集《空山灵雨》）

徐玉诺

徐玉诺(1894—1958),笔名红蠖,河南鲁山人。著有诗与散文诗合集《将来之花园》,短篇小说集《朱家坟夜话》等。

小 诗

湿漉漉的伟大的榕树罩着的曲曲折折的马路,

我一步一步地走下,

随随便便地听着清脆的鸟声,嗅着不可名的异味……

这连一点思想也不费,到一个地方也好,什么地方都不能到也好,

这就是行路的本身了。

1922 年 3 月 27 日,苍前山

一步曲

我曲曲折折地顺着这道山谷走下去。

我一步一步地走着,送到耳边的是两岸密林里边,小鸟的清脆的歌曲;

迎面细风吹着——这是从太平洋吹过来的细风，满含着极温柔的温润和野香。

暄松松的浅草，在我足下亲吻，

我的脚一下，她也轻轻地躺下一点；但是总……

柔情而十分忠实地承受着我的脚底。

我想些什么？

是这样的：

什么也不是，什么也没有了！

小鸟总是那样地唱着，

细风总是那样地吹着，

我总是一步一步地走着。

3月28日

郑振铎

郑振铎(1898—1958),原籍福建长乐,生于浙江永嘉。1922年发表我国最早的散文诗论文《论散文诗》。

空虚之心

一

只有我,我的心是空虚的。

夜莺唱着夜之歌。它的心被闪烁的星光、蔚蓝的天空与一切夜之美沉醉了。它的心的负载满盈盈的,而且流溢在歌声里了。

萤火虫栖息在湖滨芦苇中,饮着苇叶上的露水,夜夜游行于绿色的水面上。它的心受了被夜风吹皱了的湖水与水面上反映着的、自己身上射出的青白色的荧光所感动,只是满盈盈地在水面上漂游着,如一只满载佳客的划艇。

玫瑰花,红的白的,互相依傍着。它们与它们的邻人们,同时发出幽婉的清香互相安慰着。它们的心里都满盈盈地装载着和平之梦与甜美的微笑。

只有我,我的心是空虚的。

二

我的心，它好像是一只空的船，漂泊在失望的海上，没有风也是会颠簸的。

谁能仁爱地把这些东西装载在它上面呢？

"茉莉花圈是最有重量的装载，一个，只要一个，便可以使心之船充实了。"一个微声这样说。

我的心憧憧无归路，在美丽的青紫色的黄昏里，徘徊于盛开的茉莉花架下。

但是有谁呢？谁能把茉莉花圈做成呢？

三

我的心，它好像一个殷忧的病夫，在痛苦的床上呻吟着。

谁能仁爱地把些药来止住它的呻吟呢？

"只有微笑，温和的微笑，是医治它的病的最好的药。"一个人这样说。

我的心憧憧无归路，在幼稚的淡黄色的早照里，徘徊于洒满清露的稻田中，寻找温和的微笑。

但是有谁呢？谁能将温和的微笑给它呢？

四

"工作"在田间唤道："插秧的时候到了，把绿油油的稻苗取来种下吧。”

但是我的心，它是空虚的，怎能耐得工作的劳苦呢？

百灵鸟高飞在晴朗的空中，向着朝阳唱可爱的邀客的歌调。它唱道：“来吧，客人！隐在日光的金幕后边的群星正在宴会呢。来吧，赴宴的人！”

但是我的心，它是空虚的，怎能耐得寂寞的长征呢？

空虚的心除了怅惘与彷徨与寻求以外，还能做些什么事呢？

唉，我的心呀，你还不如死了的好！

（选自《郑振铎文集》）

冰　心

冰心(1900—1999),女,本名谢婉莹,福建闽侯人。著有《繁星》《春水》和散文《寄小读者》等,出版小说集多种。

一朵白蔷薇

怎么独自站在河边上?这朦胧的天色,是黎明还是黄昏?何处寻问,只觉得眼前竟是花的世界。中间杂着几朵白蔷薇。

她来了,她从山上下来了。靓妆着,仿佛是一身缟白,手里抱着一大束花。

我说:“你来,给你一朵白蔷薇,好簪在襟上。”她微笑说了一句话,只是听不见。然而似乎我竟没有摘,她也没有戴,依旧抱着花儿,向前走了。

抬头望她去路,只见得两旁开满了花、垂满了花、落满了花。

我想白花终比红花好;然而为何我竟没有摘,她也竟没有戴?

前路是什么地方,为何不随她走去?

都过去了,花也隐了,梦也醒了,前路如何?便摘也何曾戴?

(选自《晨报》,1921 年 8 月 26 日)

李金发

李金发(1900—1976),本名李淑良,广东梅县人。著有诗集《食客与凶年》。

晨

你一步一步走来,微笑在牙缝里,多疑的手按着铃儿,裙带儿拂去了绒菊之朝露,气息如何,我全不能分析。镀金的早晨,款步来了,看呀,或者听环佩琅琅作响了。来!数他神秘的步骤。

你的臂儿张着向我,呵,他们倦了如我未醒的深睡。近来,在我旁边坐下,解去那透湿的鞋儿,你摘的是什么花朵,芳香全染在你胸膛里了,没看见吗?他们正因离去同玩的小山羊哀戚了。

忽装出一半微笑、一半庄重的脸来,我画笔儿将停滞了,如你多看一眼。夜鸦染了我眼的深黑,所以飞去了;玫瑰染了你唇里的砹红,所以随风谢了。我们到小径隐藏了去,看衰草在松根下痛哭。

你呼吸在风里,我眺望在远处,他们都欲朝黑夜之面而狂奔了。

黑夜才从门限里出去,他无论怎么叫喊,愤怒与呜咽,如你不来,我将梦见你在我怀里。

奈黑夜才从门限里出去。

(选自《食客与凶年》,1927 年 5 月)

焦菊隐

焦菊隐(1905—1975),本名焦承志。浙江绍兴人,生于天津。著有散文诗集《夜哭》《他乡》。

时之罪恶

时间一手将我所有的都偷跑了,只留下了哀悔。

时间好似狂风,连号带唉,将我的生命偷跑了;我所有的残余,只是哀悔。

当我在安逸快乐时,她轻轻地向我软语缠绵,使我不能从迷茫中振起——似一只湿了翼的小鸟,伏居在温暖的香巢。

我一听了她甜蜜的美妙的脚步声,如飞丝般绕人心轮,就渐渐睡了去。

但当我醒了时,一切都被时间偷走了;我所有的,现在,只是哀悔,只是哀悔。

(选自《夜哭》,北新书局,1926 年)

李广田

李广田(1906—1968),山东邹平人。著有诗集《汉园集》《李广田诗选》,散文集《日边随笔》等。

早晨

我每天早晨都怕晚了,第一次醒悟之后,便立刻起来,而且第一个行动是:立刻跑出去。

跑出去,因为庭院中那些花草在召唤我。我要去看看它们在不为人所知所见的时候有了多少生长,我相信,它们在一夜的沉默中长得最快、最自在。

我爱植物甚于爱人,因为它们那生意、那葱茏,就是它们那按时的凋谢也可爱;因为它们留下了根底,或种子,它们为生命尽了力。

当然我还是更爱“人”,假如人有了植物的可爱,酣睡一夜而醒来的婴儿,常教我想到早晨的花草,而他那一双清明的眼睛正如日出前花草上的露珠。

(选自《口边随笔》,1948 年 5 月)

绿

我独处在我的楼上。

我的楼上？——我可曾真正有过一座楼吗？连我自己也不敢断言。因为我自己是时常觉得独处楼上的。西北有高楼，上与浮云齐，这个我很爱，这也就是我的楼上了。

我独处在我的楼上，我不知道我做些什么，而我的事业仿佛就是在那里制造醇厚的寂寞。我的楼上非常空落，没有陈设，没有壁饰。寂静、昏暗，仿佛时间从来不打这儿经过，我好像无声地自语道："我的楼吗？这简直是我的灵魂的寝室啊！我独处在楼上，而我的楼却又住在我的心里。"而且，我又不知道楼外是什么世界，如登山人遇到了绝崖，绝崖的背面是什么呢？绝崖登不得，于是感到了无可奈何地惆怅。

我在无可奈何中移动着我的双手。我无意间，完全是无意地以两手触动到我的窗子了（我简直不知道有这个窗子的存在），乃如深闺中的少年妇人，于无聊时顺手打开一个妆匣，顷刻间，在清光中照见她眉宇的青春之凋亡了。而我呢，我一不小心触动了这个机关，我的窗子于无声中豁然开朗，如梦中人忽然睁大了眼睛，独立在梦境的边缘。

我独倚在我的窗畔。

我的窗前是一片深绿，从辽阔的望不清的天边，一直绿到我楼外的窗前。天边吗，还是海边呢？绿的海连着绿的天际，正如芳草碧连天。海上平静，并无一点波浪，我的思想就凝结在那绿水上。我凝视，我沉思，我无所沉思地沉思着。忽然，我若有所失了，我的损失将永世莫赎，我后悔我不该发那么一声叹息，我的一声叹息吹皱了我的绿海，绿海上起着层层的涟漪，刹那间，我竟分辨不出海上的萍、藻，海上的芰、荷，海上的芦与荻，这是海吗？这不是我的小池塘吗？也不知是暮春还是初秋，只是一望无边的绿，绿色的风在绿色的海上游走，迈动着沉重的脚步。风从萍末吹入了我的窗户，我觉得寒冷，我有深绿色的悲哀，是那么广漠而又那么沉郁。我一个人占有这个忧愁的世界，然而我是多么爱惜我这个世界呀。

我有一个喷泉深藏胸中。这时，我的喷泉开始喷涌了，等泉水涌到我的眼帘时，我的楼便倾颓于一刹那间。

（选自《雀蓑记》，文化生活出版社，1939 年）

缪崇群

缪崇群(1907—1945),笔名终一,江苏六合人。著有《味露集》《石屏随记》等多部散文集。

黄昏的雨

黄昏时候的雨,不知是从什么地方落下来的。看不见他,也听不着他,如同怨女的眼泪,悄悄地落下,悄悄地拭了。

黄昏时候的雨,稀零地打在我的脸上,我俯仰,我顾盼,不知道他来自何处。我悄悄地把他拭了,也正如同拭去了那怕人看见的泪珠。

在黄昏时候的雨中,我不住地这样低诉:

幽灵的黄昏啊,神秘的雨!

神秘的宇宙啊,你在无言地流露——

绵绵无尽的忧郁;

清凉晶洁的泪珠。

在黄昏的雨中,只有我独自在道上踯躅。雨滴打着人家的雨伞,他却浸湿了我的两肩和帽檐。

伞盖底下的陌生人啊。我不需要你的庇护,我此刻正承受着自然给我的启示和流露。

在黄昏的雨中，谁也看不见我，谁也唤不着我，正如同我不能够寻着黄昏的雨一样。

寻我的人啊，你们果真要寻到我吗？那请你同我一样地低着而踯躅于道上吧：在泥泞的路上印着我过往的一条明显的足迹——那是长长的、长长的，使你想着也会感到疲惫的。

并且，又已经是近夜了……

（选自《中国散文诗》，1931 年）

陆　蠡

陆蠡(1908—1942),学名陆圣泉,本名陆考原,浙江天台人。著有散文集《海星》《竹刀》《囚绿记》等。

蝉

负了年和月的重累,负了山和水的重累,我已感到迢迢旅途的疲倦。

负了年和月的重累,负了山和水的重累,复负了我的重累,我坐下的驴子已屡次颠蹶它的前蹄,长长的耳朵在摇扇,好像要扇去这年、月、山、水和我的重负。鼻子在吐着泡沫。

天空没有一点风,整个的地面像焙焦了的饼,上面蒙着白粉。蹄子过处,扬起一阵灰尘,过后灰尘复飞集原处。

为了贪赶路程,所以不惜鞭策我的忠厚的坐骑,从朝至午不曾予以停歇,我真是成了赶路人了。然而路岂能赶得完!

说是有人为了途穷而哭呢。

说是也有人曾为了走不遍的路而哭呢。

而后者是征服东欧的英雄。

我焉能不望这长途叹息。

我终于在一方树荫底下坐下来了。我乘凉,我休息,我的坐骑也不能再前进,它是必须饱有草和水。

我躺在地上，用那鞭子作枕。我咽下水囊中携来的水，用衣袖掩住眼睛。而让驴子在身旁啃啮它的短草。

我正要闭目睡去，耳边忽听到了高枝上蝉的声音，

知了、知了、知了。

笨的夏虫也知道路是为人走的，还是人是专为走路的吗？

知了、知了、知了。

嘶哑的声音好像金属的簧断续地震动着，但是愈唱愈缓，腔子也愈拉愈长，然而仍固执地唱。

知了、知了、知了。

我想起了希腊哲人的话：

“幸福的蝉啊！因为他的妻是不爱闹的。”

还有高枝上临风的家。

所以便尽唱着知了、知了，而嘲旅人的仆仆吗？

我恼怒地拾起鞭子，牵了驴，复走上迢迢的路。

脑后仍断续送来知了、知了的声音。

（选自散文集《海星》，广东人民出版社，1981 年）

何其芳

何其芳(1912—1977),四川万县人。著有诗集《预言》,散文集《画梦录》等。

秋海棠

庭院静静的。仿佛听得见夜是怎样从有蛛网的檐角滑下,落在花砌间纤长的飘带似的兰叶上,微微的颤悸如刚栖定的蜻蜓的翅,最后静止了。夜遂做成一湖澄静的柔波,停潴在庭院里,波面浮泛着青色的幽辉。

寂寞的思妇,凭倚在阶前的石栏杆畔。

夜的颜色,海上的水雾一样的,香炉里氤氲的烟一样的颜色,似尚未染上她沉思的领域。她仍垂手低头的,没有动。但,一缕银的声音从阶角漏出来了,尖锐,碎圆,带着一点阴湿,仿佛从石砌的小穴里被用力地挤出,珍珠似的滚在饱和着水泽的绿苔上,而又露似的消失了。没有继续,没有苟合。孤独的早秋的蟋蟀啊。

她抬起头。

刚才引起她凄凉之感的菊花的黄色已消隐了,鱼缸里虽仍矗立着假山石庞然的黑影,已不辨它玲珑的峰穴和上面苍翠的普洱草。这初秋之夜如一袭藕花色的蝉翼一样的纱衫,飘起淡淡的哀愁。

她更偏起头仰望。

景泰蓝的天空给高耸的梧桐勾绘出团圆的大叶，新月如一只金色的小舟泊在疏疏的枝丫间。粒粒星，怀疑是白色的小花朵从天使的手指间洒出来，而遂宝石似的凝固地嵌在天空里了。但仍闪跳着，发射着晶莹的光，且从冰样的天空里，它们的清芬无声地霰雪一样飘坠。

银河是斜斜地横着。天上的爱情也有隔离吗？黑羽的灵鹊是有福了，年年给相思的牛女架起一座会晤之桥。

她的怀念呢，如迷途的鸟漂流在这叹息的夜之海里，或种记忆，或种希冀如红色的丝缠结在足趾间，轻翅因疲劳而渐沉重，望不见一发青葱的岛屿。能不对这辽远的无望的旅程厌倦吗？

她的头又无力地垂下了。

如想得到扶持似的，她素白的手抚上了石栏杆。一缕寒冷如纤细的、褐色的小蛇从她指尖直爬入心的深处，徐徐地、纡旋地蜷伏成一环，尖瘦的尾如因得到温暖的休憩所而翘颤。阶下，一片梧叶悄然下坠，她肩头随着微微耸动，衣角拂着栏杆的石棱发出冷的轻响，疑惑是她的灵魂，那么无声地坠入黑暗里去了。

她的手又梦幻地抚上鬓发。于是，盘郁在心头的酸辛热热地上升，大颗的泪从眼里滑到美丽的睫毛尖，凝成玲珑的粒、圆的光亮，如青草上的白露，没有微风的撼摇就静静地、不可重拾地坠下……

就在这铺满了绿苔，不见砌痕的阶下，秋海棠苗长出来了。两瓣圆圆地鼓着，如玫瑰颊间的酒窝；两瓣长长地伸张着，如羡慕昆虫们飞游的翅。叶面是绿的，叶背是红的，随生着茸茸的浅毛。朱色的茎斜斜地从石栏杆的础石下击出，如擎出一个古代的甜美的故事。

（选自《画梦录》，新世纪出版社，1998年）

唐 弢

唐弢(1913—1992),本名唐端毅,浙江镇海人。著有杂文集《海天集》,论文集《鲁迅的美学思想》和散文随笔集10余部。

垂柳与白杨

在春天里,我爱繁枝密叶的垂柳。

试设想溪边湖畔,当黄昏推出新月,水面浮上薄雾的时候,有三两柔条,在银光里飘拂,且不说栖莺系马,曾绾住离人多少相思,只看她泪人似的低头俏立,恰像有一腔冤抑,待向人细诉。

你曾为她的沉默而动心吗?

在秋天里我又爱萧萧的白杨。他是个出色的歌者。风前月下,拖着瘦长的身影,似流浪的诗人,向荒原踯躅,独个儿与地下人为邻。兴来时引吭高歌,更无须竖琴洞箫,有墙下的促织与田间的络纬相和。你不听那曲子吗?郁勃苍凉,如猿鸣狐啼,聆余音哀转,小楼一角,正有人潸然泪下哩。

你的眼角湿了,是为了他的孤独吗?

(选自《语文教学与研究》,2002年第12期)

方　敬

方敬（1914—1996），重庆万州人。著有诗集《声音》《飞鸟的影子》等。

灯

灯是我长案上的恒星，作了行星的银粉蛾，绕着它运行。我沉默着，抽抽烟卷儿，袅袅的烟缕成了浅蓝色的云朵。这个小天地里，没有阴晦，没有雨天，那是最神秘的。

这无言的慰安者，显示着圣洁与宁静，令我忘记了一切尘与垢，专培养智慧和灵感，而又启迪一条坦然的沉思之路。

它好像是一张熟识的圆脸，我凝视着它的灯，在高高的石坛上，发出和平的光辉，曾萦系过我儿时的心灵，照彻了很多在祈祷中升腾的灵魂。它是一颗长明的星辰，在我心里。

它静静地守望着夜，夜辉映着睡灵，像是抚慰，像是祝福。

在无边的夜里，我是它的沐恩人。

窗　前

“给我你们温柔的手吧”，我看见几只小臂膀伸向几朵白色的花，我心里就这样想。

“唱一首永恒的歌吧”，我听见一支甜蜜的短歌的余音，来自一群快乐的小歌者，我心里就这样想。

“让我看你们天蓝的眼睛吧”，几双沉思的小眸子向我注视，我心里就这样想。

我的窗前是块青草地，儿童幸福的小国土。

清晨，孩子们是鸟，跳跃的小鸟。尖锐的、脆嫩的声音使我发现了我已失去的自己，于是我笑了，心里说：“早安，小朋友。”

“早安”是个永恒的祝词，我动心于它的另一种含义。我爱他们金黄的发丝，这异国富丽的颜色涂抹在我心上，使我感到一种异乡的情调。夜里，我记起两行诗：“当夜色埋葬了你的路，猫，你矜夸你夜明的瞳孔吗？”那么夜里，孩子们就是猫。当夜色对着我的窗，我感到一点荒凉和寂寞，小朋友，我就倚在窗前，等候着光，你们的眼睛。

是的，我羡慕着他们的生活，那是一种单纯的表现。

（选自《雨景》，文化生活出版社，1942 年）

徐　迟

徐迟（1914—1996），本名商寿，浙江吴兴人。著有《哥德巴赫猜想》《地质之光》等。

橹

你没入雾里去的时候，我把你比作橹。

橹，这样摇曳地远去了，没入深雾里去了。

在美丽的河床上，须有橹美丽的步伐同行的。水的花上，沾着雾，然而在这冬天的市街上，气候凝固，你为什么不借着这冰冻的掩饰，让夕暮的街灯之光，投给我一个侧影的、如鱼般的视线呢？橹的胴体上，抹着黄色的桐油；橹是美人鱼，是裸泳的女郎——你是爱侧游的吗？

我目送你，侧往左、侧往右，渡水、渡桥，在桅樯之影的林中隐没雾里去了。

载着我们的心的是你美丽的船舶，而你这支美丽的橹，摇着了我的恋爱了。

（选自《徐迟文集》，长江文艺出版社，1994 年）

严文井

严文井(1915—2005),本名严文锦。湖北武昌人。著有长篇小说《一个人的烦恼》,散文集《山寺暮》,童话集《南南和胡子伯伯》等。

阳　光

他不愿停留。不,他也曾暂时在一些梦里徘徊。

他徘徊在沙漠的梦里。沙漠梦见了花朵、云雀、江河和海洋。

他徘徊在海洋的梦里。海洋梦见了地震、小山、麦浪和桑田。

他徘徊在老人的梦里。老人梦见了骏马、青草、角刀和摔跤。

他徘徊在婴儿的梦里。婴儿梦见了母亲的歌声、乳汁、胳膊和胸膛。

每个黑色的梦都闪亮。每个梦都保持着一份阳光。

阳光是个不倦的旅客,他总是来了又去、去了又来。他不能只在梦里徘徊。

他在梦的外面驰骋。

他制造一个个梦,更制造一个个觉醒。他驰骋,在梦的外面驰骋。

(选自《严文井选集》)

陈敬容

陈敬容(1917—1989),女,本名陈懿范,原籍四川乐山。著有《星雨集》等。

陨　落

这是谁的脚步声呢,又轻又细,在窗外咯咯地、平匀地响着。是小雨滴吗?可爱的圆润的小雨滴。在少雨的北方,夜中微雨因一种特有的甜蜜之感而变得珍奇了。

然而我立时记起,该是那个甲虫又在纱窗上飞扑;每晚,当我的倦眼徐徐下沉时。这低微的咯咯声就模糊成一片梦的飘忽的弦乐。

但我现在是醒着吗?

一丝微风轻轻飘过,落在槐树的叶子上,碎了——不,碎的是梦里白发,那我刚握着时还是长长的美丽的发丝,后来全变成雪白,碎在我的手中了。

不是下着雨吗?怎么听不见滴滴的清声了——也许刚才是母亲眼中的凄迷的雨吧。

真记不清了,哀愁和欢愉一样容易失落。

秋霜一般的银发还在我的手中,是碎成了细屑的,不复是缕缕的了。每一粒细屑现在跳跃着，映出各种色调的往事，令我吟味着秋天黄叶衰草的清芬，和寒冬霜雪的冷艳，又像是夏夜的郊原里，一颗金色的星子悄悄地陨落。

（选自《传世经典散文诗150篇》）

郭　风

郭风(1919—2010),本名郭嘉桂,福建莆田人。著有《蒲公英和虹》《你是普通的花》等55部。

在雨中,我看到蒲公英

是一阵骤雨,

是一阵夏天的骤雨吧,雨从我们村庄的上空,

从那好像松散的煤烟一般的浮云与浮云之间,洒下来了。

这时候,

我看见有的雨水洒在溪岸边的乌桕树上了,

有的雨水,洒到溪中了。

——我看那流动不止的溪水上,在雨中生起一朵朵水泡,好像开放一朵朵珍珠般的花朵。开放了,在溪水上浮动着,又立即凋谢了……

我看见有的雨水,洒在村前的石板上了;

——过桥那边的溪岸上,有一条草径,两旁长着一片青草,我看见从我们村庄上空,从那煤烟般松散的浮云间洒下的雨水,

洒到草径上了。

——那草径两旁的青草间,开放许多野花,我已经好些日子里没有经过这条草径了。站在我家的门前,我远远望见那里开放

的野花和她们的鲜叶。在雨中摇晃,好像在风中摇晃一样……

这时候,

不知怎的,

我自己以为,那开放在草径两旁青草间的野花,好像正在雨中向我呼唤,要我赶快走过石桥,和她们相见,谈心……

我戴上雨帽,我走上村前的石桥,是不是我的胸中有一颗童心,是不是已经到老年了。我还喜欢幻想,我自己以为,那青草间的野花看见我来了,一齐唱一支欢迎我的歌了。

我走上石桥了,我看到一丛野菊了,

——她们在夏天里开花了。我知道,从夏到秋,她们一直在这里开花。她们多么勤奋。她们好客,一看到我来了,我自己以为,她们便向我问候,一齐在雨中向我挥起蓝色的手帕了;

这使我非常高兴。我沿着溪岸上的这条草径前行,我看见和野菊一起在青草间开花的,还有开着白花的草莓;

我看见这些草莓已经结了桑葚一般的果子……

——我的心中,忽地感到一丛一丛的草莓,好像一群一群小姑娘,她们手中携着小筐子,里面装着花朵和果实,一看到我来了,她们便一齐把筐子举起来,向我致意……

这使我非常高兴。我沿着溪边的草径前行,雨还在下着。这时,我看见和草莓一起在雨中开放的,还有开着红花的酢浆草,还有开着白花的酢浆草……

——呵,我真的非常喜欢幻想吗?我一边走,一边看着开花的酢浆草,心中以为她们好像一群穿着白色舞衣的小姑娘,好像一群穿着红色舞衣的小姑娘,她们一边在雨中跳着土风舞,一边在花瓣的酒杯里倒上蜜……

我一边在心中想着，一边沿着草径前行。我多么高兴啊，我看见在前面的草丛间，在溪畔一棵很高很高的乌柏树的树根边，在雨中，一大丛蒲公英也开花了。他们和很久很久以前我所见到的一样，开着淡黄色的花；不知怎的，也不知从哪时起，我便觉得蒲公英的花是稚气的、天真的……

——呵，我真的非常喜欢幻想吗？

怎的，已到老年了，我还非常喜欢幻想？是不是这些草间开放的野花，真的太美丽了，在我的心中唤起美好的想象了？在我的心中出现一个童话世界了？

在我的心中，一刹那间，这些蒲公英好像是一群小孩子了，我看见他们都戴一顶淡黄色的小便帽，他们都背着一个小书包，他们排起队伍了；我看见他们一齐向前走，要上花的幼稚园去了……

忽地，我好像听见他们的队伍中间，有声音传来了：

“看啊！——天边出现一条彩虹。”

我抬头一看，我看见在乌柏树的树梢，天上当真出现一条彩桥一般的彩虹。

这时候，

我看见乌柏树下面的溪水中，也照耀着一条彩桥一般的彩虹。这水中的彩虹旁边，有天上的云影，还有岸上的树影和蒲公英、青草和草莓的影子；忽地，那水中的云影，仿佛化成蒲公英的小孩子、化成草莓的小姑娘一起走上水中的彩桥了……

啊，刚才下阵雨，

下了一阵夏天的骤雨吧？现在雨停了。

（选自《鲜花的早晨》，花城出版社，1981 年）

痴 想

我想，

有一天我要变成一朵小野花—— 一朵淡黄色的小野花，

坐在两片鲜绿的草叶上；

我侧着头坐在那里，好像幼稚园的小朋友，坐在自己的小椅子上；

我坐在那小椅子上，唱一首童谣，还要看一本图画故事；

忽地，我的朋友蜜蜂飞来了。这时，我便在我的花瓣上放一点蜜，请我的朋友喝蜜。

（选自《你是普通的花》，人民文学出版社，1981 年）

柯　蓝

柯蓝(1920—2006),本名唐一正,湖南长沙人。出版小说、电影剧本、散文集、散文诗集30余种及《柯蓝文集》(6卷)。

爬壁藤树

我故乡的小屋旁,有一株古老的爬壁藤树。我默默守望着它度过了十五个春秋。一个个冬去夏来,它轮流地脱去枯叶,又长出一片片绿叶,紧偎在小屋的高墙上。

今年我又回去了,过去了多少岁月呵,它还是站在小屋旁,默默地脱去枯叶,把整个小屋的高墙,精心地盖满了绿叶。不,它是默默地在宣布着一个信念:让生命的绿色,顽强、固执地抓遍所有的屋墙,把荫凉送到每一个人的心上。

我问了声你好。它的每一片叶子便都向我点头,还轻轻向我絮语。我听懂了它向我说的每一句话。

梅　花

梅枝上挂着圆圆的花苞。梅树知道冬天人间的寒冷,先送来了唯一的花枝，然后才长出绿叶……

梅花是冬天最后仅存的花朵，还是春天最早开放的花枝？当积雪压断枝头的时候，百花凋谢，梅花它踏着风雪来了。而当冬去春来，万物苏醒，百花满园的时候，梅花它却又一人先去。是追踪风雪而去呢，还是把它引来的春天留在人间？

梅花恐怕是万花之中，带着最多的心意，为别人忙碌的花枝了……

雪

雪花来了。漫天遍野地来了。

从最高的地方落下来。从最纯洁、最净白的地方落下来，落到每一个角落，落在一切的上面……

雪花，你总是在一切上面的。你总是最洁白的。谁损害你，把你弄脏了，你就溶化了，流着泪走开了。

雪花呵。我看见你有一颗心：

有一颗把一切黑暗变白的心；

有一颗把一切不平都填平的心；

有一颗要把一切都包藏在你怀里的心。

你虽然如此寒冷，也还有一颗知道温暖的心……

萤火虫

萤火虫在夏夜的草地上低飞，提着一盏小小的红灯，殷勤地在照看这个花草的世界。

萤火虫，你不觉得你的灯光太小了吗？不觉得你是在燃烧你自己吗？

萤火虫没有回答。它还在不停地飞来飞去，提着它那美丽的用生命燃起的红灯，飞舞在万花之中……

（选自《早霞短笛》，作家出版社，1958 年）

耿林莽

耿林莽（1926— ），江苏如皋人，现定居青岛。出版散文诗集《散文诗六重奏》《望梅》等12部，散文集《人间有青鸟》等3部，文学评论集《流淌的声音》等2部。

竹叶淡淡

湖波荡漾间，一弯小小的冷眉，移到挺挺的竹竿上，便是一片青竹叶了。

浅浅的一点青色，淡，淡到近于无。

不求辉煌，无须灿烂，

守住这一点青青的淡便已经足够。

水声。水声在竹林之外。

水是从深山谷流出来的，流进沟壑，似银蛇蜿蜒。

洗清了山涧中一粒粒卵石的洁白，

细微的水声，似虫吟，

那声音也是一种淡。

月光穿过浮云，烟一般缠绵，

罩住竹林，为她镶上了一层银色的边。

月光如水,竹叶是划动的水舟。
月光在竹叶与竹叶之间漂移,徘徊。
浴在月光里的竹叶,处之淡然,
藏在阴影中的竹叶,也处之淡然。

有风掠过,叶子们似睡犹醒,
风声簌簌,
水声潺潺,
月光闪闪,
竹叶淡淡,
月光下的青竹林,是一个梦幻的世界。

果子为谁而结

街心花园里,有一棵无花果树。
(我不说:"一棵是无花果树,还有一棵也是无花果树。")
因为,只有这一棵,她是唯一,
她属于我。

每天,我都走至她的身边散步,
漫不经心地注视、端详、伫立,
看她的腰身一天天更粗,伸展胳臂。
空间的占领随时间的推移而延扩。
枝繁叶茂,膀粗腰圆。

每一片厚重叶片的手在伸展。她们周边，是密密匝匝的果子，不断地长出。

果子为谁而结？

从微小的粒子到渐渐地熟，郁郁苍苍、郁郁苍苍地浑圆，光滑，肥硕。

看上去很近，其实很远，
每一粒都是对我的诱惑。

"这果子真甜！"过路人都这样说，赞不绝口。
孩子们爬上树，用竹竿敲击，
他们的喜悦，其实也残酷。

每天我都去至她的身边散步，
漫不经心地注视、端详、伫立，
却从不曾伸出手去摘一枚果子，
保持了神圣的沉默。

这果子是甜还是酸呢？
对我而言，将永远是一个谜，
悬之于高阁。

水横枝

勒马于悬崖，凛凛然万丈绝壁，有一株古树不老，伸出劲臂，横越于水上。

这，便是水横枝了。

水横枝，在水之镜中显影，
郁郁苍苍的叶子，如翅如羽，引发了小鱼们的追逐：
一种飞翔的幻觉，油然而生。

水横枝裸体的花朵淡雅、洁白，
暗香浮动，柔弱花瓣一片片漂远，如船。
那影子因水的波动而飘忽，而模糊。
（谁听见了她们的桨橹？）

岁月流去，水流去，悄然无语。

（选自《山东文学》，2016 年第 1 期）

王尔碑

王尔碑(1926—),女,本名王婉容,四川盐亭人。著有诗集《美的呼唤》,散文诗集《寒溪的路》等。

瞬 间

百年后,荒原会记得那个瞬间。

一只白鹰和一个牧羊人相遇了。飞着的忘了飞,走着的忘了走。

久久地,相望无言。

夕光的潮水,翻卷着两个激动的灵魂:

今生,我们能再次相遇吗?

云

两朵流云,偶然相遇。

它们默默对话,它们结伴远行。两只小船,升起帆儿,漂呀,漂呀……

忽然,风来了,小船消逝,杳无痕迹……只有沉默的天海记得:那一瞬间洁白的帆影。

画　外

风景展开，忽又缩小成一幅古画。

人在画中饮茶。

人在画中苍老。

白云在画外，以生命擦亮天空。

飞鸟在画外，阅读宇宙的神秘。

独行侠在画外，叩访万水千山。许多年以后，他写了一部“现代山海经”。

醉　者

恍若一滴水珠，一个婴孩，睡在荷叶上……瞬间，你老了，瘦瘦的雪山，在旷野独坐。

隔世的青鸟匆匆飞来，竹林七贤携琴而来，李白伴明月飘然而来。

群山举起酒杯……

再一次，你醉了，唯那最后的琴声已去、未去，袅袅诗魂，徘徊燕子……

烟雨愁深处，一群红鱼如花怒放，琤琤、淙淙游进你的梦境。

（选自《寒溪的路》）

孔　林

孔林(1928—　),山东荣成人。著有诗集《一束芙蓉花》《报春集》,散文诗集《晨露野花》《孔林散文诗集》等。

在我失去的小路上

我挺身于田野。

——在春天。

一株老树突然披上绿装,

在翠雾烟霭中盈盈地凝视着,

春的青睐。

大地蒸发出薄薄的、乳白色的霉气。淡茫茫的银光中一位少年。在翠迭的柳林中彷徨,在纷沓的光斑里翩翩起舞。那留在小路上的脚印犹如春水荡起的涟漪。

他是春天唇边的柳哨。

他是夏天农民歇晌在田头的梦幻。

他是秋天弹响银镰的、沉甸甸的谷穗。

他是——

黑夜中熠耀着黄黄的、微弱的灯火。

望着他的背影,

似曾相识,

不敢辨认，

近在咫尺。

远在天边。

当他猛转身的时候，突然变得老态龙钟、皓发银须。

人生多么漫长，却只有瞬间，

人生也有迷茫，但终点最清醒。

我眺望着、眺望着，

——眺望着那条失去岁月的小路，满载着思念的长河。

是它将我抛向远方的心又拾了回来。

（选自《诗刊》，1987 年第 8 期）

田埂上一位老农

慷慨的太阳，将所有的金子都倾泻在秋天的大地。

金灿灿的树林、金灿灿的山峦、金灿灿的田野。

一位背向蓝天、面向大地的老农，缓缓在田埂上移动着脚步。

那弓形的脊背不是拉着沉重的木犁，

那激动的嘴唇不是倾吐内心的忧虑，

那凝视的目光没有惊呆的神情，

那轻柔的脚步不是胆怯的寻觅。

他眼前有紫色的豆棵、赭红的豆荚，金黄的豆叶托着绿色的蝈蝈，扇动着透明的纱翅。

他想得到什么呢？

不是一朵金花，不是一捧芬芳的新米，不是一支欢快的歌曲……

追　求

绿茵茵的草地上，闪烁着金色的小黄花。一只彩蝶在花朵上颤抖着纱翅，一位小姑娘追逐着彩蝶翩翩起舞。

那花儿是太阳的光点，

那蝶儿是绚丽的云片，

那姑娘是春天的翅膀。

这碧绿的草地，有歌的旋律、美的幻影、情的舞蹈。

我想，假若失去了追求，美就跟希望一起枯萎了。

（以上选自《星火》）

李　耕

李耕(1928—2018),本名罗的,江西南昌人。著有散文诗集《粗弦上的颤音》《爝火之音》等10余部。

陷　落

我非骑士，

无陷落的悲哀与困惑。

我非懦夫，

无陷落之恐惧和忧烦。

但我甘愿陷落。从繁闹的市尘陷落于野山之恬静,从残忍的角斗场陷落于泥檐下的温馨之叙,从伪善的赐予陷落于自我耕耘,从爱爱恨恨的叠加陷落于宽松与无为。

我这样，

你也这样。

和谐的篱墙内的一棵小草、一朵小花、一滴净水、一抔黑土、一对翅膀、一片落叶、一声呼唤。

枯澹，

宁静，

轻轻的风不夹带一点敌意。

我自愿从虹的故里陷落而下。

我自愿,居住在峡谷草叶的巴掌上或泥土筑成的、飘着炊烟的小村。

旷野一朵花

旷野寂寞,野花也寂寞。

在寂寞中默默收集遗落在旷野的、零碎的太阳与星光,聚拢云的颜色与露的晶莹以及雾的朦胧的情绪,造就自己独有的风韵与芳香之气。

被马蹄践踏,是一种不幸。

再开一朵!

等待思念过的人。

黄昏时光

我已知,有黄昏之光在为我悉心勾勒图像。我立于晚风之中,平静地让风托起黄昏之色洒在我的图像上。

也许这是最后一次黄昏。

当这幅作品完成并涂写最后一笔墨迹时,

我,

在晚风中,淡淡消失。

水边月亮

月亮这橘黄的颜色，全给李白洒上了一层酒味与乡愁。苏东坡与贝多芬又给它抹上了一种独特的声色。这月亮已难随我雕琢，已难为我抒情，已难与我为伴。

我孤独地在故乡的水边徜徉。

浅水的芦苇丛中！

藏有一个月亮是我的。

（选自《散文诗》，2005 年第 6 期）

刘允嘉

刘允嘉(1930—2018),四川双流人。著有诗集《彩色的流云》,散文诗集《流花湖》等。

一片云

我记得一片钟声,被一片云吹远。

——那是南方的夏日哟,平原上有缤纷的爱恋。

我们在平原上闲闲地走,并且背诵一首祝福的诗。

有花香袭身了,但花香也被一片云吹远。

我们,为什么要为岁月找寻它的花朵呢?

又是忧伤又是欢乐的钟声,敲出了蓝蓝的天空、蓝蓝的凝视、蓝蓝的风景。

绕过一片云,又一片云,平原上的路若隐若现。

——这难道是一种暗示吗?

告诉早来的秋风吧,轻轻把梦剪断,平原尽头有许多含苞待放的眼睛……

(选自《星星》,1999 年第 8 期)

陈　犀

陈犀(1930—1997),原名任萧丁,河北宁河人。出版诗集《山村》《田园抒情诗》,散文集《和弦》等。

野趣(选三)

三　月

三月,
三月,从还积着雪的山巅上走下来了,
从还凝着冰的峡谷里走出来了;
三月,冲破冬的禁锢、春寒的料峭,
穿过狭窄的小巷,沿着湿润的青石板路,
走向泡酥酥的田野;
她,簪着满头雪青色的、紫红色的豌豆花和蚕豆花,
发出熏人的香气;
三月,是大地孕育的孩子,
一个十七岁的少女;
三月,是二月的姐姐,
二月,比三月纤弱,而三月,是健美的,充满神奇的追求的……

欢　乐

我们请主人摄影，一家三代人：

老头、老伴，年轻的夫妻，还有一个独生的女孩。

他们，都从各自的岗位上回来，

有耖冬水田的，在川芎地里除草的；

有教完三节课的，在田坎上点豆的，和放早学回家的。

他们，在晒坝上坐成两排，

晒坝上，盛夏已过，晒的谷子早已收进仓了，

晒坝上，金秋早来，正好说古论今，摆摆三朝五代，

一块不大的晒坝，既是他们的物质世界，也是他们的精神世界。

我们给他们照相，四四方方的相匣子，照的好像并不是几个富态的人像，而是一块晒坝：晒坝上显现的浮雕，浮雕上镌刻着五个欢乐的影子、一块无字的碑……

果子在对果园说话

果子熟了，

就要离开母体，离开果树和果园了；

花，开了一次，

花，也落了一次，

在经历了一次孕育生命的阵痛的过程，终于结果了，

果子，有了自己圆润的体态，青里泛红的姿色；

果子熟了，即将瓜熟蒂落，成为一个独立的实体，一个人将赖以生存的微妙的因素；

但，果子却更为腼腆了，

果子闪在青翠的叶子背后，在对果园说话，说着悄悄话，

我，可能是一枚好果子，是果园的阳光、露水和风，为我塑造了真善美的形体，

也许，我还是一枚不好的果子、不成熟的果子，我不该带那么一点苦涩的味儿……

（选自《散文》）

钟声扬

钟声扬(1933—2009),祖籍浙江绍兴,生于山西灵丘。著有长篇诗体小说《月魂》,长篇情节列散文诗《梦影》(6部),散文诗理论专著《散文诗论稿》等。

玫瑰开在梦中(节选)

二

——春风,已从后山吹来。

请迈开双脚走你的路。

不要左顾右盼;不要理睬那些靠着门框说三道四、嘟嘟囔囔的人们。——让闲人去说闲话吧!

五

——黄昏,我赶着羊群,哼着山歌,从桦树坡的左下脚,慢悠悠来到桑干河边。

树影如梦;河水打着漩儿哗啦啦向村后流去了。月色迷蒙;但是,在石板上依然显示出了只有我才能发现的标记。

爱,藏在透明的面纱后。

三十一

我家的小花猫，伏在你家的地楞上了。

请你轻一点，不要惊动它。

小花猫只是要去捕老鼠，不是为了去踏你家的庄稼。

——让踏庄稼的去踏庄稼吧。

（选自《散文诗世界》）

曾伯炎

曾伯炎(1933—),四川中江人。出版散文诗集《野蔷薇》。

乡 情

——读张大千先生泼墨泼彩山水

您痛苦地吟咏:“而今能画不能归。”心溶于画,也走向画中的故国山水了。

这画,不是被青鸟衔回故国了吗?衔回了您的乡思。

不惜迢遥,绕北美、大洋而来,落入盆地,投进您女儿温煦的居巢。

小窗外,故乡永不老的太阳,照您儿时随母学绘花的太阳、照您壮时去大漠敦煌的太阳,也挤开浓密的绿荫,投来专注的目光,伴我读您的乡思。

李、杜吟过的乡思,苏、辛唱过的乡思。

华人们在迪斯科乐曲里,忆起《二泉映月》的乡思。

却凝聚在这古朴的石青、石绿里,弥漫在这馨香的淡墨浓墨里……

岁月,三十年分分秒秒的岁月、长江黄河长泻不息的岁月,注入了您的心海。

再也按捺不住了，您捧起墨砚色盂，倾出彩练墨瀑，倾心海而泼了……

您是在泼洒胸中的热血吗？

我的失落

我曾经携着一篮诗集，伴我山居的寂寞。

翻开它，我的心被山风吹起，也“西挂咸阳树”了。凝目时，那只搏击的海燕，也引我出海翱翔……

一次风暴袭来，我心爱的诗集，被卷得无影无踪。我叹息……我无声地耕耘……播种……

告别山野，还惋惜失去的旅伴呢。

谁知往事渐渐淹没于城市的喧嚣时，我偶然敞开心扉，竟跳出叮咚不息的泉音，多清丽的旋律。

我合上眼帘，又步入那熟悉的林海，走进一部浩瀚的史诗。张开眼帘，窗外涌来一片绿地，总引我忆起山里的湖泊，或潺湲或急促的涟漪，漾起抑扬不止的格律。当阳台上盆花送来芬芳，山里疏疏密密的小花朵，若一页页散文诗，又在心的荧屏上闪现……

山野，将一部精美的诗集，悄悄地装进我心里了，像母亲给离家的孩子，不作声地将心意搁进了行囊。

这是任何风暴也卷不走的。

（选自《星星》）

敏　岐

敏岐(1935—　),本名许敏岐,四川富顺人。著有散文诗集《荒原和苦恋》,诗集《风雨集》等。

紫铜手镯

垛口云落云飞。

当年搏击日寇时折断的战刀、洒落的弹壳,在残墙断壁间,至今,依然能够觅着。

垛口荒草漫漫,狼在这儿安了家,下了崽,一入夜,时长时短、时高时低地嗥叫,把村里再胆大、再野性的孩子,也一个接一个地赶进了被窝。

但村里的女孩子们并不怕狼。

夏天,她们结着伴,攀上长城最高的垛口,一边吆喝,一边在荒草间,捡回一串一串的蘑菇,摘回一篮一篮的野果。

她们还把那些长了铜锈的弹壳也拾了回来,交给村里巧手的铜匠,过不了多久,她们的手腕上,就有了一副一副叮叮当当的紫铜手镯。

重读《聊斋》

曾带着战栗，带着恐惧，带着难以言传的诱惑与美丽，去读那些鬼，去读那些狐，心底不禁惊叫：能深刻到这个份上，我尊敬的莆仙。

近来倍觉无奈，不禁又读《聊斋》，同样是那些狐，同样是那样的鬼，怎么读怎么平淡，怎么嚼怎么兴味索然。

猛然回首，这才发觉，过去的那份人生毕竟还太薄太薄、太浅太浅。

黄昏的小街

一只燕子，匆匆地穿过，我灵魂中，那条黄昏笼罩的小街。

太阳落下去之际，天一下低了，而那条小街，也显得更暗、更小、更窄。

但思维，却成长于黄昏，在又窄又矮的小街上，难受地走着，若一个二十岁的壮汉，硬套上一双八岁孩子的鞋。

（选自《青岛日报》）

刘湛秋

刘湛秋（1935— ），安徽芜湖人。出版《无题抒情诗》《遥远的吉他》等诗集、散文诗集22种，译诗集多种。

村　边

早晨，她提着一桶水，走过村口。轻巧的脚步踏碎了黎明的露珠；明亮的水桶里，盛满了一朵朵红霞。

小伙子赶着牛走过来，不前不后、不紧不慢，挡住了她的去路。

小伙子问："能不能借你的水饮饮牛？"

她停下来了。水桶里照见了两个逐渐靠近的身影。

也许牛并不渴，也许牛已经饮过，姑娘提水桶走的时候，她觉得：水桶，还是那么重；水，还是那么轻。

只有明亮的水里，多了一张染红了的姑娘的笑脸……

（选自《写在早春的信笺上》，上海文艺出版社，1979年）

水仙花悄悄地开放了

一株柔弱静美的水仙在我的写字台上开放了。

我不知道什么时候打的苞，但是它悄悄地开放了。

白里泛黄的花朵，像童话里小姑娘的眼睛，羞怯地瞧着我，探视着这陌生的世界。

为了她的诞生，那碗中清莹莹的水，仿佛在轻轻地回旋；那洁白温柔的阳光，仿佛为她沐浴；而四周的空气，因为她那永远散发出的、淡淡的香味而变得爽洁了。

她一动也不动，没有风给她婀娜的身姿，但她不是在做梦，她是在凝思！

我一动不动地坐在她身旁，也不是在做梦，是在凝思。

我们两个生命在这冬日里默默地交融……

（选自《中国散文诗90年》，河南文艺出版社，2008年）

昌　耀

昌耀(1936—2000),本名王昌耀,湖南桃源人。著有诗集《昌耀抒情诗集》《命运之书》等。

灵　语

我说:夜的噪音远比白日甚嚣尘上。我喜欢夜,但讨厌噪声。

它说:我也是。

我说:我喜欢田头地脑柴草的烟息,也喜欢闻草原人家举火分爨时牛羊畜粪焚烧的烟息……而城市的噪音让我无可奈何。

它说:我也是。

我说:我曾被派往雪域一座原始云杉林采伐木材。再不会有那样的古森林了。我真想回到那样的世界,躺在厚厚的苔藓上吐纳林中清气,一点噪音不闻……

它说:让我们同去。

我说:灵魂的居所远比吃饭重要,我需要的是唯一的伴侣。

它没有立刻回答,端详有顷,忽神秘地小声问道:我现在有了一种安全感,你呢?

1994 年 6 月 3 日

傍晚，篁与我

傍晚，篁与我携手坐在刈割后的田野。

晚霞逐次黯淡下去。远处，矮小得出奇的人影已如香菇游移在地沿难于分辨。月光的出现终于使一切物象凝冻而呈颗粒状弥漫。

美啊，美得不能再美了。

如果说，此前的我们还是结庐在人境的奋斗中的角色，此际的我们已是远距世间、以局外人身份安坐田堤观赏着这种角色的看客了。

我将篁的手握得更紧一些。篁以相同的方式回报我：同谋者才有的灵犀的沟通。

忽然，仿佛发自体内的一声呼唤，在密闭的前方，一团火焰陡地裂开，像是斗牛的饰鬣飘展，接着是两团、三团……是火链般飞动着的斗牛的狂阵，还似乎听得见人们如醉的喝彩，如此远去。一定是麦田刈割者将地上的杂草和残剩的秸秆点燃了。

篁，与我对视。我们各自从对方瞳仁看到了跃动的斗牛的激情，火的激情。幸福感令人晕眩：一种英雄方式的对于平庸的排拒。

美啊，美得不能再美了。

合上眼睑。当我们再次睁眼朝前望去，黑夜的那些火堆已不复存在：斗牛应已全部倒毙，或是逃亡。

静寂，永恒的体验——非意志所能左右的一场戏剧之终结。

自须臾体悟通古之道，打了一个寒噤，我与篁依偎得更紧了一些。

（选自《昌耀的诗》，人民文学出版社，1998 年）

刘登翰

刘登翰(1937—),福建厦门人。著有诗集《瞬间》,散文集《寻找生命的庄严》,报告文学集《钟情》等。

木 棉

那是一个拂不去的梦,绯红色的,夹带着色彩缤纷的风,无论曙明,无论夕暮都在我的窗口拂动。

那是一株灿烂的记忆,火热的,在我青春的时候,燃烧过我绯红的心,结出绯红的花朵。多少年了,我不知道把它遗落在什么地方。突然,在一个不经意的时刻,仿佛是四月有雾的黎明,重现在我的窗口,告诉我:它还活着,而且,回来了!

在我本来只有淡雅的玉兰花枝的窗前,突然闯进来这英雄的性格,这通体都被热情烧透了的生命,它能和谐地并立在我斜倚着一枝玉兰花的窗前吗?它能改变我窗口那宁静的、淡远的风格吗?

是的,逝去的年华不再。岁月冷却了人的性格、浮躁的沉淀、灼热的升华。生活仿佛变得淡漠而平稳了。但是,宁静,只是它的外在;火热,才是它的内心。瞧那枝素馨的玉兰,一身淡雅,不也为一种崇高的热情所驱遣,才不露声色地在月夜、在晨昏,让自己藏匿于阔叶后面的小小花蕊,吐露出幽幽的馨香吗?

年轻时候许多热切向往而后来失落了的东西，时不时会由于某种偶然的契机——例如这次由于一株毫不相关的木棉，重现在眼前，提醒着我对生活不息的爱。

啊，永远燃烧下去，我的生命，像木棉，或者像玉兰。

相　望

默默地相望着，两棵树；

默默地。隔着咫尺的，却是永恒的距离。

无论枝叶怎样伸展，落花怎样呼吁；

最初的命运，决定了最终的结局。

默默地相望着，两棵树；

默默地。借夕阳遥遥注目，托月华深深祝礼。

只有清风在它们枝叶间穿梭，传递着心头微微的叹息；斜照把它们长长的影子，战栗地交叠在一起。

有根深深地在地底盘结吗？啊，大地孪生的这一对儿女。

默默地相望着，两棵树；

默默地。隔着永恒的，只有咫尺的距离。

许 淇

许淇(1937—2016),上海人,定居内蒙古包头市。著有《许淇文集》(10卷),散文诗集《词牌散文诗》,散文集《许淇散文选集》及小说集。

欸乃曲

——欸乃一声山水绿

是橹的声音、摇橹的声音。

在江南曲折的小河道里响起。

木质发声器因水的柔情而呻吟。

仅存的拱形石桥,据考筑于明代。游人只合冶乐春水,不去听橹和桥头的谁对话,谁?沽酒的徐渭吗?

桥洞涵影,仿佛撑着一把伞赴十里长亭短亭,送别少小的离人。

草草离人语。

欸乃——欸——乃,

咿呀吱嘎。

细雨轻敲四明瓦的篷窗,

芦叶羁恋姑恶鸟的翅膀。

橹击水如弹长铗，并不呼鱼和熊掌，只为生不逢时叹息；难解的忧郁在波心荡漾。

橹击水如鱼泼跳，一滴从木舟的横侧，从弧形的胴体嫣绝的线条间滑落；从温暖的、弹性的、即吻即离的肌肤上闪烁风华。

船在行走，场景转换。生命的河道，全是抽刀断水的无奈，切入了历史，转眼间流动的层面不留痕迹。

欸乃——欸——乃，
吱嘎咿呀。

雨歇。云隙的阳光无力地垂下苍白的手，
抚摩河面的漪纹，像抚摩尸衾。

手、橹和水战栗着，欸乃的啜泣；哭了又笑，笑了又哭，那歇斯底里的嫠妇，古书上说：化作不断呕啼的姑恶。

橹，如歌。

如歌的橹乃翻为角徵之音的歌。

欸乃一声——
两岸的春山绿了吗？
河中的映影绿了吗？

（选自《许淇文集》）

邹岳汉

邹岳汉(1937—),湖南益阳人。出版散文诗集《启明星》《青春树下》,诗集《远去的帆》及《中国散文诗发展史话》等。

晨 曦

涉夜海之滨。

黎明的彼岸,隐隐泊一条破漏的、乌云的弃舟。

静悄悄地。你将它从睡梦的深渊缓缓打捞起来,悉心涂画成一只金色的小船。

能载我同行吗?

波光炫目。一叶新霞,舒慢地摇了过来。

(选自《新中国60年文学大系·散文诗精选》)

管用和

管用和(1937—)，湖北孝感人。出版专著有《彩色的童年》《细流与暮雨》《萤火》等29部。

刺　槐

刺槐开花了。花儿一串串吊在绿叶之间，像许多的白蝶儿整齐对称地歇在下垂的花茎上。它以自己的洁白溢出纯净的淡香，扩散在四月的空气里。

槐枝在空中摇曳，花串悠悠荡荡，飘然离树的花瓣徐徐降落——这是刺槐对尘土的馈赠，却引得蜜蜂“嘤嘤”地歌唱。

树影，在地上丈量日光的足迹，慵倦的春阳经槐荫的筛滤而落在地上的光斑，在兴奋地跳荡。我久立于槐荫下，倾听着叶片“窸窸窣窣”的细语。槐花清洁的光明与槐叶单纯的绿彩融成温馨的宁静——儿时，我是常常久立于槐荫之下的。虽然，那时我曾经爬过许许多多的树，在其枝丫间顽皮戏耍，而从来不敢与刺槐的枝丫亲近。但不知为什么，我在忧烦躁闷之时，倒总爱歇息在槐荫的清净里凝神视听，像梦幻一般地如醉如痴……

今日，我又在刺槐的荫庇中追忆逝去的岁月。此时，我似乎明白了儿时深爱槐荫的不解之谜——刺槐虽然有刺，惹人害怕，但它的灵魂却是无比纯洁的。这洁白的花串所溢出的纯净的馨香，不就是从它心灵深处诉诸世界的美好的语言吗？它是足以使人头脑冷静和清醒的啊。

（选自《长江文艺》，1983 年第 4 期）

枫林落叶

无风无雨的枫林，飘下第一片红叶。

飘、飘，飘荡成蛱蝶的姿态，飘荡成焰火的舞蹈，飘荡成秋光的旋律。以告别的辉煌，展开一幅热血充盈的图画，在无声的溅落中与大地贴在一起，绣出第一个明丽的图案，彤红的沉默染透我思想的一隅。

又一片落下，思绪缱绻，离情悠悠……

一夜秋风秋雨，一夜秋雨秋风。

好多好多的枫叶，将大地盖成令人眩晕的纷乱，将愁怨的痕迹塞满林中的道路。

现在，我的心为什么像大地一样厌烦窒息？

——它们在被迫离枝时潇潇洒洒、哗哗沙沙地吵吵嚷嚷，使宁静的夜迸发出痛苦的呼叫。使我整夜失眠啊！

（选自《南昌晚报》，1987 年 4 月 29 日）

钓

他来到阴沉寂寥的河边，将身影和竿影一齐投入白色的河水中，把全部的希望寄托在系着莫测的机缘的浮漂上。一颗轻飘飘的心，在不定的水波上茫然地颤动。

他等待、等待，苦苦耐耐地等待……静默着的河水，在难以觉察的运动中缓缓地流逝，希望在一分一秒中渐渐消失。他呆滞的目光，在泛泛的鳞波中渐渐地迷乱了——是什么将黯淡的河水染黄了呢？哦，头顶上，从灰云的缝隙里漏下了太阳的金光，一条发亮的长线自高空向他垂下——正午的阳光啊，你是要钓走他苦苦等待着机缘的灵魂吗？

（选自《江城日报》，1985年12月5日）

范　方

范方(1938—　),本名范贞万,福建顺昌人。著有诗集《还魂草》《剑魂蝶影》等。

赶　月

挥舞鞭声。

行程是翻不尽的山色。

有许多野生植物在萌生,鞭声里,松涛、杉涛、竹涛疯长。

鞭声里,脚步也在疯长。

有人说,月亮正因为有根,他走到哪里,月亮就在哪里生根。

他的脚步,是岁月的根。

又说,一颗最早醒来的露珠,在叶片上一瞪,世界已是百年、千年。

古装的落木

无边落木。

落下夜宴,落下骑座、靴子、奏折。落下铜钟和华灯。落下弦乐落下花,落下时间落下雨。

无边落木。

老杜知道落木的含意。

无边落木。

不尽滚滚。

一只古鼎在舞台上,念白和唱腔乱碰乱撞。

其实古人曰:

江山依旧在,几度夕阳红。

无边落木……

蝉声下酒

听说蝉声是一道好菜,夏天,你太太常到郊外,一去就是老半天,原先一篮子,后来半篮子,再后来三分之一篮子。树越来越少,蝉声越来越少。

而市场上,蝉声价钱越来越高。

比白木耳贵两倍,比香菇贵三倍,比红菇贵四倍。(这些都是人工培植)只有蝉声是野生的,且在夏天,偶然。

蝉声下酒。听说,太太就是蝉声。

刘　虔

刘虔(1939—　),湖南武冈人。著有散文诗集《春天,燃烧的花朵》《大地与梦想》等。

夜半之念

半夜里醒来,有一种无告的惊悚与悠远。放下,收起。重又上路……打开你所安放的初始的春天。十枝玫瑰十首歌,摇醒了月下的梦,摇醒梦里十座酣睡的村庄。满目青葱,带过些许飘雪的清凉,带着雨后的星光,还有血脉汩汩流过的殷红。漫抬望眼,想着念着迢遥朦胧的远天。一片桃林,一处芳草地,一串岸上的风铃。春色再度汹涌,澎湃着所有依恋的日子。所有的日子、所有的依恋,又会重启鲜艳……

把所有的门窗关上

把所有的门窗都关上,全都死死地关上……还要把空气的流动都堵在所有的门窗之外,堵在天穹之上、万里之遥一个叫黑洞的地方。然后,再闭上眼睛。然后,打坐在房间。不动不响,不看不听,不思不想。唯有血液在脉管里依旧悄悄地流涌,唯有心依旧悄悄地接收着殷红如火的输送。生命沉浸在有欲无望的静默里。时间亦沉浸在无望有欲的生命中。那海浪滔天的潮动,便是你此刻独享的神圣……

旗袍是女人的土地

旗袍是女人的,女人安居百年的土地。也是男人的,男人寄寓一生的村寨。因为清晨闪过的美,因为月下涌动的爱。女人的旗袍,最能震颤男人隐秘的情怀。这是女人四月敞亮的窗口啊,四月的幸福踏歌草地,蜂起演绎在窗外。旗袍下是土地岁岁长新的证词,多汁而丰润。但见油菜花如约绽放,吐纳欢雨一夜,黄金铺地。又见鸿雁腾空,乘风长唳而飞:入云、入目、入心。远在千山外。默然引领男人一生的青睐啊……

(选自《中华诗世界·散文诗》第 40 期)

王宗仁

王宗仁(1939—),陕西扶风人。著有报告文学集《历史在北平拐弯》,散文集《中国当代文学百家丛书:王宗仁散文精品集》《情断无人区》等。

牧 归
——喜马拉雅山小景

西藏大地,渐渐地变成了一眼很深很深的井。

雅鲁藏布江也平静了涛声,瘦成一条即将熄灭的地火龙。

整个世界屋脊泡在一片蹄声里。

牦牛驮着夜归的牧人赶路,还驮着打盹儿的星星。

鹰是天空一个冻结了的黑点。它丢在地上的影子已经被暮色吞没。

风拾起蹄声,扔进了江里。

牦牛背上的行囊里终于装进了疲乏的夕阳。

天并没有完全黑。

不断敲着江岸山路的蹄声,催着夕阳变成晨曦。

蹄声,苍茫中的自由之音。它唤醒的是明天的飞翔。

远处，一盏灯光像一把钥匙打开了夜的大门。

牧归人在寒夜也感到暖心。

冈底斯山的黎明

冈底斯山的黎明，天空很暗，找不到一丝火光的痕迹。

寂静能把雪山煮沸。

在冈底斯山无所谓有雪无雪，一年中只有一个冬季。

此刻我站在大山深处仰望：

太阳的光芒逐渐吐出地平线的唇边，远方雪山下新堆起的孔繁森的墓，把西藏的黎明变成一页永久的风景。

小镇黎明

雪夜，汽车驶进黑河镇。

梦一样的雪雾紧紧抓住黎明的翅膀，把小镇与群山缝合得无一隙光亮。

不闻犬声，唯大雪响彻骨肉。

车轮的痕迹没有辗破街心的冰坑。

小镇一隅，小酒店的灯半昏半暗，喝得乱醉的司机伏在方向盘上瘫睡，天旋地转。

城外有一条小河，它从遥远走来，又向深山流去。

汽车正吃力地爬山，雪赤着脚在挡风玻璃上踏着。

小河驮着沉重的冬雪粘在轮胎上。爬上山顶后我要擦掉玻璃上的寒冷……

（选自《散文诗作家》，2008 年第 1 期）

任志玺

任志玺(1940—),山东费县人。著有《迷人的土地》《任志玺散文诗精品百章》。

榆钱儿

嫩生生的那一枝、那一串……
探出墙外的那一枝、那一串……
执拗地占据着我的思考,不肯离去。

呵,老祖父粗手般的榆枝呀!
你慷慨地付出一串串金黄的钱儿干啥哩?
是为了购买三月银子般的溪水、金子般的阳光吧?
是为了购买我的露出的那排小虎牙?
或者我的盛满笑声的两只浅酒窝儿吧?

呵,一串串、一串串的三月呀!
呵,一串串、一串串的诱惑呀!

我把属于童年的那一枝折下来,填进我的方格子里。
它很快地变成了诗。
并且,每个字——乃至每个标点儿,也沾上一丝丝甜味儿了……

(选自《海鸥》)

李　弘

李弘（1941—　），满族，辽宁营口人。作品散见于《人民文学》《人民日报》等报刊。

暮春的雨

暮春的雨，在黄昏里下着……

花儿谢去的地方，绽出了小小的青果。

有跫音，从积水的街面上踏过，小城把一首不完整的诗，写进小巷里去了。一对青春的背影，消失在大街的拐角处，失落的情话，被晚风拾了起来，暮色把爱藏在伞下。

有雨滴，从屋檐上坠落……

此刻，我真想知道，故乡后山上的那株紫丁香开花了没有。

摔　跤

呵，威武神奇的摔跤手……

北方带有野味的风，撩起了装有铜饰的跤服，沙丘一样隆起的肌肉，海子一样宽阔的胸脯，你们是科尔沁草原的骄傲！

身体是张开的弓，手脚似绷紧的弦，力量和力量角逐，韧性和韧性撕扭。站起来，是一座高山；压过去，是一片草原，像两只横直了犄角的牛，使人想起了旋风和鹰……

整个那达慕沸腾了：

——用花头巾的狂呼！

——用马靴子的呐喊！

胜利，在为强者加冕。

雪，落在北方……

白毛风席卷了所有角落，赫哲人的渔歌和桦皮船一起被冻在乌苏里江里了。

备好了鞍鞯的大兴安岭，等待着鄂伦春骑手。枪响处，一摊殷红的血，湿了雪地，一个犴达罕倒下了。

狗皮帽子上挂着白霜，有无数双填满乌拉草的靴子在雪地上移动。大森林里“顺山倒”的号子声，震得群山打战。红松木才是北方的男子汉，在严寒中，仍然高举着手臂，用不凋的松针，捍卫着生命的尊严。

木爬犁驶过去了……

茫茫的雪原上，有一只迷路的、像少女一样娟人的小鹿，眨着一对天真淘气的眼睛。近处的灌木林，晃动着白珊瑚枝，曲曲折折的小河，被冰雪封冻了，把一支献给早春的歌藏在音箱里。

呵，北方的冬雪，正酝酿四月的早晨……

（选自《人民文学》，1984 年第 6 期）

甘景山

甘景山(1942—),福建宁德人。著有散文诗集《西行草——爱的纪印》,散文集《出游滴沥》等。

白色的海

像棉花的海、像雪的海、像水银的海,在阳光下反射着刺眼的光芒。

一座座白色的山、一个个白色的岛、一朵朵白色的花,在阳光下流动。

白色把我们淹没,白色把我们包围,在阳光下,顷刻消失。

那么柔和,那么轻盈,那么没有任何可以琢磨和形容的姿态,在阳光下微笑。

似乎是白色的海浪,推动着我们飞行;蒙蒙眬眬睡着了,在白色的幻境里做了一个白色的梦。

醒来,什么也没有,就像白色。

(选自《中国散文诗大系·福建卷》,广西民族出版社,1992年)

朱国钦

朱国钦(1942—　),福建莆田人。著有散文、散文诗合集《黑珊瑚》。

告别夏天

那么,走吧!

既然草地已经疲倦,湖水也不再泛起温柔,思念的星光,应该闪耀在广袤的森林。

我们从那样遥远的地方走来,风也潇潇,雨也潇潇。

看够了小院月色,湖滨落日。有白帆在梦中驶向诗的黎明,有三角梅在心窗布置宁馨。

秋天的山径上,丹枫在深情地期待。骤雨刚走过苍翠的溪峪,潮声近得贴在胸前。

去采一朵白云,簪在无言的青岫。

那么,走吧!

挥一挥衣袖,向昨天微笑。

人生是座宽阔的舞台,换一个角度审视生活,寂寞也是一种美丽的境界。

在远方

此刻，你在草地上阅读晚霞吗？

我知道你很喜欢红蜻蜓、黄蝴蝶，我知道那里的沙土地很温柔，湖边的风会唱舒曼的梦幻曲。

我知道你会把心扎成风筝，放飞雨后的碧空，在湛湛的穹形的海上游弋着、抒情着，寻找一个芳草长亭、细雨白塔的送别之晨。

我爱你水光明净的心田。

然而，你知道远方吗？

在远方，有一个冰冻的港湾……

（选自《中国散文诗大系·福建卷》，广西民族出版社，1992 年）

陈志泽

陈志泽(1943—),福建泉州人。著有《相思树》《守望》等散文诗集、散文集、文学评论集18部。

时 间

一朵刺桐花悄然落下。山中无风,是时间碰了它一下。

在这落英缤纷的瞬间,山震颤了,但随即融入了自己的记忆。山的轰响,被游人一阵高过一阵的脚步声、欢笑声所淹没。

我走近前去,俯身拾起一枚花瓣,把它夹进写满诗行的本子里。

此刻,山中仍无风,时间从我身旁擦过,无声地荡漾、漂流而去……

我睁大眼睛望着它的背影,我看得清楚——

时间在汗流浃背地追赶着游人,它就沿着细细的、弯弯曲曲的石径紧跟着游人的足迹艰难跋涉。

我不由得加快了攀登的步伐。

(选自《散文诗世界》,2005年第3期)

盖湘涛

盖湘涛(1944—),吉林人。著有散文诗集《雪域高原》《盖湘涛散文诗集》等。

古刹落叶

暮鼓钟磬。

——阿弥陀佛,诵经和尚,弯腰拾起,一片落英,一片精灵。

六株菩提树,曾绿在古刹中,绿得那样葱茏,绿得那样年轻,今天,变得满刹黄叶,飘在飒飒风中。

落叶,大自然以衰亡方式,轮回于大地的归省,也是岁月对春的认领,是生命与爱情的折服,是一个短暂的感伤人生。

古刹极静,好似停留在唐宋年景,沐浴六百年前的阳光与秋风。

多虔诚的和尚,对佛、对手中的落叶,仍然打着那盏虔诚的智灯……

(选自《伊犁晚报·天马散文诗专页》,2008 年第 6 期)

藏妇与陶罐

藏妇一生，一半是婴孩，一半是陶罐。

婴孩，像朵怒放的雪莲，那荆棘的睫毛，伴她，笑得比蓝天还蓝。

陶罐，象征爱情。那生命的灯盏，摇曳着她一生与藏汉的爱恋。

清晨，藏妇意外将陶罐摔碎，竟摔出了藏俗的哀怨。

是神的意旨，让她半身裸露，披头散发，悲痛欲绝地哭喊。

嗓子哑了，泪流干了，那是来自灵魂深处爱的藤蔓。

她用唾液将陶罐拼合，埋在瓦窑里焙烧，焙烧出复苏的尘缘。

是神的甘露，将陶罐重新铸起，守护藏俗爱的真言。

那陶罐，浑圆的、隆起的曲线守护藏俗爱的真言，依旧如藏妇的身姿一样柔润丰满。

（选自《诗刊》，2007 年 6 月）

马及时

马及时(1946—),四川都江堰人。著有儿童诗集《树杈上的月亮》,散文诗集《金蝉唱晚》,诗集《泥土与爱情》等。

桥

漫步桥面,请不要以为:就这样轻松地征服了一条大江。

剽悍的大江啊!

远古。独木舟倾覆了。部落仇杀的箭镞,洞穿了溜索上英雄的身躯!

炎黄子孙老死不相往来。

江岸上岩立的石像真是少女相思石化的吗?江岸唱一支悲歌,千年万年不息……

霸王渡遗址就在脚下。

不顾两岸燃烧的眸子,大江狂歌东去……

如今,是谁征服了这条蛮龙?是桥——

塔吊。钢梁。焊花。红旗。人流。高标号水泥的迅速凝固,组装了我脚下丰满的桥身……

分割的历史联结了。

被驯服的大江，高唱一支繁荣的歌……

桥，终于沟通了一个民族的相思。

（选自《海鸥》）

庭　院

门虚掩着。

静，静得仿佛能听见墙边蚂蚁的脚音，听见兰草和玫瑰花的悄语……

三五只肥鸡闲卧在一片阳光中做梦。

那紫黑的藤，干吗一个劲儿地往上爬？是想偷窃墙外的阳光和自由吗？

这庭院古老极了——

木窗、木门、木壁、灰蒙蒙的木梁上画着灰蒙蒙的八卦；

石磨、石凳、颓残的石阶上苔藓幽蓝……

檐下辣椒金红。

衣绳上晾干的花衣在斜阳中梦一样金红。

那只笼中的相思鸟唱倦了单调的情歌吗？

古色古香的躺椅上一个半睡的青衫老人，瘦骨嶙峋，像一件被岁月风干的古董……

静，门虚掩着。

——这南方标准的庭院，种了些花，种了些草，种了些渴望，也种了些寂寞……

（选自《海鸥》）

树上的阳光

一朵朵墨绿的云,忽然透明了。

风也感到枝叶的狂喜？妈妈的温柔在干枯的梦中抚摸那被夜色熏染过的忧郁……

连阴影也感到了战栗的快乐?

绿叶化作一群金色的耳朵,听那只翠鸟为阳光的爱情谱曲……

树的幸福在浓荫中摇曳着。

无数鹅黄的小生命诞生在潮湿的黎明,诞生在一片没有忧伤的透明中,粉红的花就要开了,初恋的鸟已经筑好了巢,彩蝶和蜜蜂在繁枝间嘤嘤嗡嗡……树上的阳光无限惊喜地望着自己创造的世界——

一棵透明的树。

一片透明大森林。

无数枝叶日夜向天空举起祈求的手。晶晶的光斑就是阳光的泪呵……

(选自《散文诗报》)

倪俊宇

倪俊宇(1947—),海南东方人,现居海口。著有《凤凰螺》《岁月的涛音》等散文诗集、诗歌集4部。

夕光中的宁静

归鸟的倦翅驮去暑意,蝉鸣也收敛成一种沉思。

霞光铺金,剪出棕榈的飘逸身姿。光与色时时变幻,演绎着莫奈笔下的韵味……

远处的潮声,如晚钟缥缈。

拾贝人总想收到大海的明信片,追逐着浪花的足音,该捡起几枚惊喜?

暮霭中伫立的阳伞,仍回响那些甜甜的絮语。

湖畔座椅上,谁在静静聆听微波的荡漾,抑或心中泛起的涟漪?

旁边的空位,在等待什么?是盼望已久的花开情节,还是撩不开的无形惆怅?

哦，夕阳，慢慢阖上眸光。

半湖晚风，徐徐细说，那静谧与安宁的情思……

（选自《三亚文艺》，2016 年第 4 期）

街角的茶馆

几把老铜壶，咕噜咕噜煮沸了一屋子人的情绪。

进门墙脚处，倚着尖竹帽、黄斗笠，滑落了一滩滩田色塘影、椰风蕉雨……

花瓷壶，斟热了稻薯蕉荔的话题。

有时，讲古的惊堂木，敲响了红色娘子军踏着曙色操练的步音；一声断喝，穿过岁月尘烟传来海瑞骂朝的气概……

不知从什么时候起，老木匾换作霓虹灯招牌，跑堂吆喝幻化成 3D 音响……

"绿岛咖啡"兴奋了哈伦裤、超短裙的争论，蹦迪舞步潇洒了小镇的夜色；

吉他的弦上，流来万泉河琤琤淙淙初春的温馨；

最忘情的，要数甩着两肩秀发的镇上"最佳歌手"，一串音符，撒下了一派浓情……

我慢品着杯中的甘甜与苦涩，

细啜着历史与现实的韵味……

（选自《海南日报》，2016 年 8 月 21 日）

萧　敏

萧敏(1947—　),女,重庆綦江人。著有散文诗集《三月,女人的三月》《萧敏散文诗》等。

凉　意

无风也有凉意,无雨也有凉意,无言更有凉意。

面壁,拈花;静坐,入禅。有谁能解悟心灵深处的感应?尼僧吟诵,热闹处自有一股幽幽的凉意,从头至踵滴落。

暮色四合,夜凉如水,白日的喧嚣、争斗、欲念、躁动,渐渐消融。无韵的宁谧,静静的夜思,宇宙风轻,空间寥廓。那凉意呈现于永远不会完美的情节,永远无休止的过渡,呈现于执意伸向未来的手,或者只是入定后透彻心扉的感觉。

日　子

日子有限,人生很短。守着日子,不知不觉已日下半山,而你苦苦等待的那个人一直没有出现。

那个人陌生又熟悉,那个人日思夜盼,脚音可辨。那个人的前世曾与你结伴同行,今生却被一剖两半。为了寻找这份等待,你迷迷惘惘在人世途中颠簸几十载。

你为长夜守更，在他没有敲门之前，在他没有完全地走进你的生活之前，你一定守着日子，绝不走开。你等的那个人他也一定在等你，只是命运的手指还没有向你指点迷津，你还未能端正奔向他的途径。

日子很忠实地与你同行，陪伴你一路风雨，于是你告别路边形形色色的诱惑和允诺，信守时间之外的预约，感谢日子。

梦　蝶

我非庄周，却夜梦蝴蝶：那蝶翅如纱翼洁白轻灵，纠缠梦境，飘落坠堕，枯若一件爱情的殓衣，让梦魇沉淀着悼亡的气氛。

花瓣和树叶上的露水未干，有一份滋滋润润的潮意。于是蝴蝶敛翅，温顺地伏于花茎，仿佛享受生命的底蕴。这一瞬如梦境中再不重复的绝版。

有风晃动，有雨叮咛，美丽的蝶衣蜕落，再现初生的丑陋，似展示一个灵魂返璞归真的过程——无法忏悔，永远呼痛。

（选自《散文诗》，1994 年第 3 期）

谢克强

谢克强(1947—),湖北黄冈人。著有《谢克强文集》(8卷),散文诗集《断章》等。

沉 思

就这样坐着,就这么一低头、一颔首、一抵下巴坐着。

窗外,蝉,一声一声长鸣。

这是一个空洞的中午,雨后的夏日也被蝉一声一声叫得浮躁起来。就在蝉叫得正急的时候,你开始缄默,冥想一些日子之外的事物。

是在浮躁中寻找沉静,还是在虚空中寻找充实;是在单纯中寻找复杂,还是在贫乏中寻找丰富;是在有限中寻找无限,还是在流逝里寻找永恒……

我猜不出。

骤然,我看见你抬起头来,望着窗外。

啊,蝉不再得意地嘶叫了,只见馨白的洋槐花一串串开了,花开了之后,它会结出满意的思想之果吗?

空　白

这是一个宁静的夜晚。

三月的风，伏在我的案头，伏在我微合着的书页上，凝神注目着我。

离书不远处，几页白色的稿纸，一片空白。

掠过稿纸，我抬起迷惘的眼睛，一筹莫展。

没有鸟的天空是空白的。

没有花的大地是空白的。

没有灯火的夜是空白的。

没有脚印的路是空白的。

没有果实的树是空白的。

穿过空寂的黑暗，我忽然听见布谷鸟的啼鸣。这一声声布谷，唤醒了多少挂在墙上的犁头和沉浸在酣梦中的谷种啊，此刻，是在为我刚刚苏醒的心田呼唤绿色的希冀吗？

在这个宁静的夜晚，在这个远离泥土的七层楼上的一间小屋里，在布谷清脆的啼鸣里（这断断续续被我遗忘多年的小曲啊），当我再一次掀开那本经典的书时，顷刻，我沦为一片空白。

（选自《2015年散文诗精选》，长江文艺出版社，2016年）

谢明洲

谢明洲(1947—),河北任县人,现居山东济南。著有散文诗集《更高处的雪》《空酒壶》等。

木芙蓉

这一刻,我果断而坦荡地献上我的敬畏。当木芙蓉在初夏织出黎明的花枝……那无可替代的晶莹,那无与伦比的璀璨。

是它们,让我的玄思妙想在片刻间展开了飞翔的翅膀,让我的零乱无序的诗句结束了流亡而抵达阳光。

多么平凡而又了不起的美丽漫流。

远远近近的云朵不逝不散。

远远近近的箫声不逝不散。

新的与旧的乡愁不逝不散。

新的与旧的幻梦不逝不散。

我献上我的敬畏。

而之后,我该说些什么,又该做些什么?

当木芙蓉在初夏织出黎明的花枝。

是啊,许多许多"白天的痛苦被它自己耀眼的光芒遮掩了,却在夜晚的繁星中燃烧"。

是啊,"云彩把它所有的黄金都给了西沉的太阳,却仅仅用一丝苍白的微笑问候升起的月亮”。

夏之将深。木芙蓉的花枝粉晶溢流。

不可预知的、美丽的故事开始断魂。

我果断而坦荡地献上我的敬畏。

而之后,我该铭记些什么,又该忘却些什么?

鹤望兰

或许那兰正在云与梦的深处;

冬之渐远。一只鹤,痴痴地望着。

谁说得出,此刻的玫瑰、菊葵与石竹花,以及紫荆花与木芙蓉,它们在无倦地忙碌些什么。

谁说得出,此刻的智者、诗者与漂泊者,他们在吟诵些什么?世界在吟诵些什么?

从来没有过约定,和花朵,和绿叶与风,和悲与喜,和荣与辱,和得与失。

“人的春天一闪就过去了。”

或许那兰正在雾与禅的深处。

春之渐近。鹤啊鹤啊,短暂而持久的凝望之中。你都看到了什么?

或许那兰正在生与死的深处。

冬之渐远,远了。春之渐近,近了。

人的生命一闪就过去了。

王敦贤

王敦贤（1948— ），四川巴中人。著有散文诗集《跋涉者的沉思》，散文集《南江桃园记胜》等。

这过滤了的阳光，我不要

你站在耀眼的阳光中了，而我，还踉跄在这一片阴影里。

是怜悯还是安慰？你取出一方手镜，把一束你身边的阳光投射给我。

尽管我厌憎这裹住我的阴影，尽管渴求那能够照透我的光明。

但，这一束阳光，请你收回吧。

——这是过滤了的阳光啊，它照在我身上是冷冰冰的。

——它只是阳光的影子啊，只能炫惑我的眼睛。

我已经把我的渴望交给了我脚下的路，我坚信它能把真实的阳光带给我。

请你收回吧，这一束过滤了的阳光。

（选自《中国散文诗90年》，河南文艺出版社，2008年）

谭仲池

谭仲池(1949—),湖南浏阳人。著有诗集《月之梦》,散文集《临风感怀》,长篇小说《曾经沧海》等20余部。

榴棰声声里

捶落了斑斓的阳光。

捶亮了流动的碧水。

捶响了两岸的歌声。

捶醒了摇篮的婴儿。

是这样捶啊!捶啊!有洁白、有青蓝、有紫黑、有鲜红在榴棰下捶成舒畅和温暖。

是因为女人的心明如月亮,女人的情深过江水,女人的梦美过鲜花吗?

不!不!不!是因为女人是水做的。因此她要洗尽人间的幽怨、疲劳、污垢和离恨。

捶啊!一日复一日,一年复一年,捶吧!

女人你会用智慧、温情、勤劳在流动的岁月里,在男人的心上捶起一座流绿的山。

我就是埋在这山里的一个魂。

(选自《诗刊》,2011年第5期)

王幅明

王幅明(1949—　),河南唐河人。出版散文诗集《男人的心跳》,理论集《美丽的混血儿》及散文集10余种。

幽　谷

只有山涧溪流的私语。偶尔传来几声清脆的鸟鸣。剩下的,便是你我的心跳。

刚下过雨,黄灿灿的迎春花挂满了晶莹的水珠。不知是什么花儿,散发着诱人的馨香。

四周弥漫着轻纱般的雾霭。在雨水洗涤过的石径上,不自觉地走进梦境。

此时的游客为何不见踪影?

周围的世界一片模糊。

莫非,这就是两人世界的伊甸园?

我们默默地走着,走向幽谷的深处。

也许有一种向往或期待,在彼此的心头一掠而过,却始终只是美好的意念。

在春雨滋润过的地方,相思草在悄然生长。

(选自散文诗集《男人的心跳》,河南人民出版社,1999年)

叶　梦

叶梦(1950—　)，女，本名熊梦云，湖南益阳人。著有散文集《湘西寻梦》《灵魂的劫数》《遍地巫风》等。

正午的梦

那是一个盛夏的正午，太阳很毒，街上没有一个人影。

丈夫正在午睡。

我捏着一支笔，枯坐在窗前。

突然我觉得乏，便趴在他的身边沉沉地睡去。

没有梦，像死去一样地睡。

很久很久，我们同时醒过来，已是黑夜，不知是什么时辰，木钟已锈坏了。

黑暗中摸到一盒火柴，划燃，点上一支残烛。“你是谁啊?”他久久地盯着我，遮不住一脸困惑地问。这个人已经不认得他的妻了。

我不答，一如既往地望着他。我只觉得他是一个陌生人，我从来都不认得他。

困惑的四目对峙良久。

他又问了:“你是谁啊?”那声音却像是从很远很远的空间传来。

沉默许久，我突然说出这样一句："我是一块石头呢！"

我说完，便不再吱声，眼皮儿沉重地垂下来，酥软的四肢开始变得像柴棍一样。

心脏一下一下地慢下去，很快要停摆。

血管里的血也逐渐凉起来，慢慢地像要凝固。

……

我感觉自己真的变成了一块石头。

我的石头的脑子里已没有了思想、感觉和记忆，等等。

我常常从这样的深睡中醒来，莫名其妙地以为自己是一个梦，以为世界是一个梦。

一切又都不曾发生过。

于是，我重新吹灭残烛，重新在他的身边睡去。

（选自《中国散文诗大系·湖南卷》，广西民族出版社，1992年）

林登豪

林登豪(1953—),福建福州人。著有诗集《通过地平线》,摄影配诗集《拥抱瞬间》等多部。

这个人,这个人

你见过这个人,我也见过这个人。

你大概在乡下见过这个人,我大概在城里见过这个人。

你见过他一面,在深山老林中,再看他一眼,四处静悄悄;

我见过他一面,在都市的熙攘中,再看他一眼,只千人一面。

你见过这个人,在梯田中挥动锄头,他不时停下来,擦一擦眼屎,近正午时,又掏出旱烟袋,一次又一次地吸着气。

你再寻他时,暮色已越来越浓,四周无一人,一股股炊烟,越升越高。我见到这个人,在昏沉沉的舞厅,他用手臂勾住邻座,音乐响起,他贴着她,她接近他,前一步,后一步。

在子夜,在烟头明明灭灭里,在长城白葡萄酒味中,他不知道自己自何来,向何去……

我再寻他时,东方透出鱼肚白,突然,连自己也不见了。

那场雪

站在伟岸的高楼上，我凝视一座城市，以沉寂迎来一场大雪。

谛听纯净的覆盖，雪花漂亮地笼罩着我。

这场大雪纯洁得如婴儿蹒跚，是谁与之共舞？

我的灵魂正穿过皑皑雪地，

雪光清晰得如凛利的刀锋，闪亮苍茫的记忆，从城市中心的天桥上唤回失踪很久很久的情绪。雪光似箭，一种光芒就是一种欲望。

雪的欲望也就是我的欲望。

我却无法亲近雪，在雪中进行一场温柔的战争。

是谁记住了，我和你曾在大雪中邂逅得很投入，深深浅浅的雪印，是开在大街上的思念吗？

而今，又经历一场大雪，在十字路口，是谁正在还一个皓洁冰心呢？

（选自《散文诗》，2009 年 4 期）

林清玄

林清玄(1953—2019),中国台湾高雄人。著有散文集《清音五弦》、《心的菩提》、《禅意散文精选》(全四册)等。

小　小

小小,其实是很好的,饮杯小茶、哼首小曲、散个小步、看看小星小月、淋些小风小雨。或在小楼里,那些小花小木;或在小溪边,欣赏小鱼小虾。

也或许,和小小时候的小小情人在小小的巷子里,小小地擦肩而过,小小地对看一眼,各自牵着自己的小孩。

小小的欢喜里有小小的忧伤,小小的别离中有小小的缠绵。

人生的大起大落、大是大非,真的是小小的网所织成的。

大地之声

在松树下午睡,我被松后寺庙的钟声唤醒。

钟声过后,一切又沉寂了,我看到一轮金澄夕阳在远处沉落,然后我听到风的声音、树的声音、草的声音,还有小溪流过山涧的声音，甚至夕阳下山都好像一个优美的长音。

我坐起来，仿佛那些声音都是从我的左手流进，右手流出，在体内川流不息，我觉得自己是大地的一部分，松树也是，连庙里的钟声都是。

（选自林清玄经典作品系列《白雪少年》）

王慧骐

王慧骐（1954— ），笔名晓山，江西广丰人，现居南京。著有散文诗集《月光下的金草帽》等4部，《王慧骐与散文诗》（三卷本）。

那　日

那日有雪。那日的雪落在屋脊上，是一幅印象派的写意。

那日的风却出奇地行得缓慢，像拖着一车响铃的老马。

那日的午后，我们喝了一点威士忌，尔后在没有站牌的小站上握别。

有白信封似的雪抛下来，很快便覆去你黑皮靴踏出的花纹。

载你的车先去了，留下一个没有影子的长长的孤独，静静地站立着。

突然想起很多关于你的故事。

仿佛一叠相片，在不再晃动的水里，渐渐显得清晰。

几乎沉淀的日子，乱了顺序，涌向抢购记忆的窗口。

能让一切重新开始吗？愧疚因那微量的酒而腾燃。

垂首致一束真诚的歉意给那已趋模糊的车辙。

哦，重要的是明天，明天你还会回来的。

是吗？只是不该忘却那日。那日有雪。

（选自《王慧骐散文诗精选》，南京大学出版社，2014年）

郭　辉

郭辉（1955—　），湖南桃江人。著有诗集《美人窝风情》等多部。

晌　午

一地寂静。

蝉音如水，如香火之上浮动的青烟。小南风从相思港那头走过来——谁的想象开始弯曲？

一群鸡仔摇摇晃晃，在场院啄响细米似的阳光——散落的梦，如何复原？

半瘫的老人，斜躺竹椅上，把沉默压出一声叹息。身后，熟悉得像自己皮肤一般的杉木板壁，隐隐传来上个世纪中叶荷花、桂花和老日子销魂的气味。枕着相依为命的乡村，他要睡了。

要睡了。

亲切的拐杖已在旁边先他睡着，那看透了无常岁月的雕花把手，比老人的头垂得更低。

最轻的影子，最大的风也吹不动。

远处，一件红衣在飞……

韩嘉川

韩嘉川(1955—),山东青岛人。著有散文诗集《海角,亮起了渔灯》《水手酒吧》《蓝色回响》等多部。

蜜 饯

是手掌心儿里的那一颗。阳光、雨滴、泥土的馨郁、枝叶上的风,还有干燥的日子皱缩起的岁月,全在那一颗的纹理中,蕴含。

是的,在门前的台阶上,那阳光,丝丝缕缕地缠绕着。那时候不知道绽放与果实是什么关系。仅仅是目光与太阳狂泻的光线交叉。悸动的心灵。有时回味起来会觉得莫名其妙……

然后是雨滴。走过一些泥泞的脚也有了一些老茧。雷电、山洪,甚或河槽的泛滥,以及家狗彻夜的狂吠,终究会归寂于一盏昏黄的灯,如一滴高悬于枝叶的雨滴,迟迟没有垂落……

终究,还是泥土浓郁的气息,包蕴有蛙鸣、蝉噪、虫吟,甚至花瓣的绽落,露珠的滋响,残月光刃的切割,还有顽童调皮的喧闹,都曾形成过无数不同形式的念头,冲撞着胸襟,冲撞着那些可方可圆可尖锐的日子,终究,还是还原于泥土的气息,在季节过后归于平寂。

风声,擦着枝丫就那么渐渐远去了,谁也不再说什么。风流韵事就那么沿着深深的巷子,沿着窗棂剪影,沿着日子的边角,远去了。谁也不再说什么，仿佛什么也没有发生，一如小桥下的流水，悠悠地、悠悠地流去了。

伸开的手掌，纹理多了、心绪多了，而圆润丰腴在干缩，如记忆的水分在挥发，而糖分在渐渐浓缩，浓缩……还是那样的台阶，还是那样的目光与光线交叉，已不再有心灵悸动的女孩儿，只剩一颗蜜饯，在干燥的日子角落里枯坐。

虫鸣味道

虫鸣唤醒了旷野。

在月的故乡，在风的故乡，在雨和水湾的故乡，安置下曾经的青春年华，即使已经相去很远；还有黄麦青葱绿荷，乌篷船与蓑衣草，野韭花与漫野秋葵。

失去纯真的天空，任相似的雨脚驻留在城市的街道，不再与庄稼和四野有关，只能用来怀旧。阴霾的日子里，巷口的老虎灶白雾茫茫，老故事一样放大了所有的影像。

青苔在台阶的石缝里作中介，令人心生坐在这里看晴好远景的奢望。

出门左拐，柳梢上的河水眨动着眼睛，复制的又一个早晨，乘着赶早市小贩的三轮车来临了。

那时，骚动的候鸟已在 GPS 定位系统里，开始翻检亲缘的楼层。

虫鸣味道，在午夜的街头，沿着烧烤排档的气息，沿着橡胶轮胎的辙痕，散布在记忆的边缘，暗语一样叩击着某根神经末梢。

昏暗的厢房已经颓废，连烛光摇曳的霉味儿，也滤掉了知青年代的豪情。

包了铜角的箱柜、三条腿的杌子和断了弦的座钟，符号一样镶嵌在遥远的夜空，还有口琴和手抄本的爱情，已经没有人认领。

往事落寞，如锈迹斑斑的锁。风吹着虚拟的绿色，在秋的尽头，在干涸的河道上捡拾雁鸣遗落的血统。

村落与秋虫的细节不仅隔着一道窗棂，在已经松弛的黄昏背景上，虫鸣的味道与蛛网结盟，铺排着静虚的二度空间。

那些曾经升起的温柔，那些清晰如初的倾听，那些在黑暗里闪动的，在河岸的草叶上，在清清浅浅流动的温柔中漫涌的韵致，都归还给了虫鸣。

酒吧咖啡屋茶楼饭庄会馆挂起苇笠镰刀和谷穗儿，时光在很深很深的背景上坠落了一地，直到那些旷野比季节还苍老，虫鸣味道再也没有回声。

哦，远逝的虫鸣。

长　椅

透过凝重的老太太，你望到了我。

从喧嚣的路口你拖着疲惫、拖着黄昏，来花园的长椅上，挨着老太太挨着我坐。

透过老太太发间的苍凉，你，

看我的柔弱，看我的苍白，看我耳坠与颈项曲线相辉映的华贵。我知道你漂泊的目光在寻觅什么。

洋槐树厮守花园，厮守小径的神秘，一如我厮守窗口灯火的温情般，忠贞不渝。

木栅栏已被岁月淋得发黑。

屋角的一片记忆也已发霉，使这个黄昏缀着个斑点。

我知道，透过老太太的陈旧，你，

打量着我的春华、我的风韵，打量我的白裙褶轻覆着的你想象的形体；

而那来自大洋的沾了啸浪的疲惫；

崎岖的山野间追一汪暖窗的疲惫；

被一声来自荒漠的呐喊所憋闷的疲惫；

都是你的吗？

哦，花园已荒芜，小路已荒芜，柔和的华灯和微笑已荒芜。

树丛的阴沉中浮现出一个红孩子，又一个绿孩子。

窝巢，在树的腿间蓄着诱惑。

你不觉四野潜伏着一股乐曲吗？把语言交给年轻的叶子和永恒的风去说吧，于我们已没有意义。

哦，这个黄昏不会再来，你不会再来；这长椅上只会有老太太。

就这么坐着，不要动，我们三个，谁也不要说破……

（选自《中国作家》，1991 年第 1 期）

叶卫平

叶卫平(1955—),福建沙县人,定居福州。著有《黄昏,乌鸦和我》《兵马俑》《梁祝》等。

关于种植菊花

第一种向往

菊花睡眠于你的眼睛。

秋天的杯子里,枫林响起晚钟,枫叶比二月的花朵更灿烂。

白云深处,寺庙是神秘的隐者,远远望着:钟声的石径上,走下来的是种植菊花的人。

第二种向往

你拒绝了整整一个世界。

到内心的幽谷,去问候很瘦的西风。

那里,水穷云起,有人在很瘦的西风中种植菊花。

那里,比西风更瘦的是菊花,比菊花更瘦的是种植菊花的人。

第三种向往

菊花围坐在你的四周。

炭火低语，斟满清泉的陶罐，煮着月光。

你闲坐在一首著名的诗中，以高山流水的姿态，朝向种菊人远去的身影——

道一声珍重。

（选自《青年文学》，2011年第17期）

鲁本胜

鲁本胜(1955—),山东即墨人。出版诗集《不朽的琴弦》,散文诗集《从春天开始》等4部。

雪　霁

鹰的追逐之舞,

把飘飘洒洒的诗兴,贯穿了飞天的内容。

克什克腾大坝,一条冰清玉洁的大鳄。

还在睡吗?

那么多鸟、秋草、树木、日月,正挂起乡愁殷红的标记,

很抒情的背影……

灵魂,一丝渴望亮起。

心间,一缕诗思奔涌。

天地间一片澄澈干净……

坝醒来。

无边雪意,诗之翼翅,

处处升腾！

古桥卧波

青石条凝聚着所有时光。
坦坦荡荡，像一个月牙，一段家国故事。
让岁月，
弥漫自己。

唐、元、明、清，一个个走了。
江山倥偬，有一点儿冷。
波浪昼夜拍击，像在诉说，像在呼唤。
水，它的行进，常在薄雾轻扬的早晨。

久远的还有唐诗、宋词，以及元曲，
像夏夜的星斗，昭示着——
风清月朗……

（选自《大沽河》）

吕纯晖

吕纯晖(1956—),福建泉州人。小说、散文诗散见于《福建文学》等报刊。

船过河心

船过河心。迟归人站在河边。

迟归的是木麻黄;

迟归的是含羞草;

迟归的是红蜻蜓;

迟归的是我们中间的一个。船上,有他的位置;彼岸,有等待他的人。

可是,时间不肯停下!河水不能倒流!船,必须向前推进!

迟归的人站在岸边。迟归人在等待。

船过河心,

天河两岸有两颗星。

蝶 想

我这就翻开一册一册清风,让你读晴空、雨巷、翠色的山岗与喷泉；读我的思绪怎样穿越一道道篱笆，去漫游。

那些荆棘在我身上勾勒的图案多绚烂。

读我耕耘你眼睛的水波，
读我横渡你心灵的海域，
我想：要是让我成为蝴蝶，
或者帆。

（选自《福建文学》，1985 年第 3 期）

王剑冰

王剑冰(1956—),河北唐山人。出版散文集《苍茫》,诗集《欢乐在孤独的那边》,长篇小说《卡格博雪峰》等10余部。

书院秋声

一

我的记忆在涨水,我曾经来过道口镇。那个时候我还很小,我天真地寻找着那个道口。一定是有一个道口的,它在摆渡着来往,引导着方向。

可是我没有找到。

现在,我依然在道口徜徉。有个声音告诉我,欧阳书院就是道口的标志。我看到一扇门无声地开启,一股清风灌了满怀,我的怀里立时温热起来,心里在荡舟。

我曾经找过的那个历史的道口,就芳香四溢地站在四通八达的地方。

二

滑州,你是作为一个音符在那里发着骨感的声响吗?你的卫国的月光里，飘着许穆夫人的裙裾，一曲未经化妆的绝唱，在时光深深的庭院里舞蹈。

那个在乎山水之间的人找到这里的时候，“星月皎洁，明河在天”，一缕秋风正在流浪。他记住了那个朴素的路碑，正如多少年后我们循着那个路碑，毫无偏差地找到你。

三

我试着像欧阳修一样在秋声里沙哑地歌唱，真的，我真的在那种歌唱里越过了灵魂的高峡，在一片清澈而亲切的水上飞奔。

水的四周是辽阔的北中原，中原一派玄黄。一个个经过无数次痛苦和愉悦而繁衍的村庄，把这玄黄连缀起来，就如汉赋、唐诗、宋词的连缀一样，将广袤和丰收连缀起来。一个人从广袤和丰收里站直弯着的腰身，甩出一串汗水，那汗水变成了飒飒秋风。

带着秋香的风吹过大地，大地上一片繁忙。欧阳修来的那天，是否也是这样的景象？我去过欧阳修的家乡，正是“白水芦花吹稻香”的季节。

四

一群学子的声音水一样缱绻在风中，我听到了你们的歌唱，不，不唯是我，我身后那个摇摇晃晃的醉翁也听到了你们的歌唱，他激动得抖动着胡须，陷入了沉沉的回忆，似乎感怀那两次人生短暂的行程，感怀历史的理解和千年中滑州人的感情。欧阳公，六一居士，你始终让心居住在孩童中吗？你的生命里，重叠着那个儿童的节日，我们叫起来是那么亲切。

声音就这么缱绻地流着，我在这流水里偷偷地泡着自己的泪光。我回头看欧阳公，欧阳公的眼睛里映着清澈的天空。

五

欧阳书院已成卫河边的风景，我在这风景的夜晚久久不能成眠。

秋风拂过大地，我随风扶摇而上，看一个人怎样地对天惆怅，惆怅中又带有怎样的调侃与放浪。你一定流过泪，没有泪水的男人是不真实的，只是我没有看见。故乡沙溪旁，满头白发的芦花摇出的风，一直吹过卫水，抖乱你的衣衫。

“草木无情，有时飘零。”人生不可能长驻春天，那就在秋天里扎下根，把春天重新孕育。绵州、夷陵、扬州、滁州、滑州，欧阳公，你把坦荡和豪情种植在这些山水的深刻部位，让它们长出思想和灵魂，长出文字和墨香，没有人知道你的痛苦，亦如不知道你的快乐。你看，童子都睡了，你露出了宽怀的笑意。

深秋的风重复着、重复着，一直重复到现在。

其实我不该想起这些，我应该想起醉翁亭的快意，想起蝶恋花的清香。我还想起你的直率，你的不屈，你的无愧。就让我这样多想一些吧，想得多了，我就离你越来越近了。

不，我一点都不怀疑你的意志，你只是借助秋风放飞一下自己的思绪，就如你放飞吹落的一根胡须。“人为动物，惟物之灵，百忧感其心，万事劳其形。”谗佞的草在你的跟前，早拂之而色变，《秋声赋》后不知去向。

滑州，让我搬运些秋声走吧，我要把它扎成生命的篱笆。

六

在欧阳中学，我看见那些不老的风，在雨中丝丝落地，长出又一茬嫩苗。风雨之间，千岁欧阳依然“子夜读书”。

欧阳书院，请允许我作为你的一位晚来的学子，让我再坐在那方舢板样的小桌前，用我满腹的激情诵出：“初淅沥以萧飒，忽奔腾而砰湃……”

（选自《山东文学》，2016 年第 1 期）

鲁　萍

鲁萍(1957—2002),安徽芜湖人。散文诗、小说、散文作品散见于海内外数百家报刊。

画　家

你是一个大胡子,

你住在低低的木房里。

很多的腿和胳膊在你的墙上舞蹈,很多的白色面孔用各种表情、各种神态同时看着你。

你的房间没有镜子,

(你在四面墙上都可以看见你自己)

你喝酒的时候很像梵高,

你用马蒂斯的姿态沉默。

风把你的窗帘吹成流动的斑马,

你的裤子落满陈旧的花瓣。

你没有门牌,

你的门牌是你的自画像。

黑　管

当黑夜墨迹一样漫开，
你的黑管就响了，
美丽的寂寞诞生了，
你的周围出现了一片安静的水域。
（有一个女孩子很想为你伴奏，可是她没有钢琴）
成群的白鸽黑鸽从你的黑管，从那锃亮的黑洞里徐徐飞出，
你的黑管响了。
你的周围是一片安静的水域，
你的面孔在水域里变成一幅生动的油画。
（有一个女孩渴望为你伴奏，可是她没有钢琴）

你的黑管熄灭的时候，
有一列火车，
从远方开来，又开向远方。

（选自《文学报》，1989 年 6 月 28 日）

何敬君

何敬君(1957—),笔名老河,山东即墨人。著有诗集《沉默的帆》,散文诗集《从五月到五月》,散文集《我们改变了什么》等。

一个人的黄昏

在二楼的落地窗前,把自己随意地放入两张空荡荡的竹椅中的一张,面向大海,静静地坐着。无所事事,就是坐着,而已。

以目光放牧大海。那些海水,所有的那些海水,徐徐而来,流向我,包围我,荡漾我,而后淹没了我。

身体的某些深处有静水湍流,支支脉脉地汇于脑颅,汇成另一片海洋,不平静的海洋。洋面上有帆船争驶,有白云变幻苍狗,有海鸥放牧……

窗前的藤萝架下阒无人迹。几片发黄的叶子悄悄滑落,如同我已经记不起何时发出的叹息。微风阵阵,却吹不动它们。

春天的黄昏里我们曾在藤萝下徜徉。沉重地思考,谋划一些从未行动过的事件。脚印与话语都已随风消逝。

——今天，人们都出发了。

老槐树上的喜鹊窝是老辈的房子。它不说话，沧桑藏得很深，一个隐身的智者，一个表情似有若无的老人。它无声地等在那里，等待着归来者。

我仍旧坐在落地窗前的竹椅里，目光散漫。

天空将灰纱一层层展开，撒过来。

归巢的家雀叫了。

海浪唱着吟吟的小调。

我自己沉默着。沉默在一个人的深秋的黄昏里，在今年最好的季节里的一段最好的时光里。

我在世界之内，还是在世界之外？

（选自《青岛日报》，2008 年 3 月 18 日）

韩玉成

韩玉成(1957—),回族,青海湟中人。出版小说集《男人的地平线》,散文诗集《平静的太阳》《高天厚土》。

神　树

凭着一种感觉就知道,那东西威严得不得了。即使在下过暴雨的早晨,也并不清秀。

红布、白布拴了不少,石头垒了不少。

崇敬和畏惧充满了每一片叶子的经络。

站在大门口望一眼,心里就没有了别的想法。那树根扎进黄土里,黄土是一切的归宿。

神树在黄土上越长越大,长成一处风景。

人在神树下越变越小,小成一把土粒。

……天地一片苍茫,

只有云雀们大唱情歌,在树枝间做爱、繁衍。

麦田守望者

实实在在的,就是这片麦子。

早晨洗脸的时候，耳边听到了麦子在长。

麦子就长到心窝那个地方了。

叶子上滚下来的露水还是三百年前的样子，今年的麻雀也和去年一样多。

今年的心里比往年多了些事情。

双脚踏在地边上，嗅到的先是自已的汗气，汗把这一块土地蒸熟了。

麦穗上就飘起一层淡淡的雾霭。

插在麦田里的草人在风中挥动一片破布，这时候，守望者仰起头来一动不动。

（选自《瀚海潮》，1989 年第 5 期）

皇　泯

皇泯（1958—　），本名冯明德，湖南益阳人。出版散文诗集《七只笛孔洞穿的一支歌》《四重奏》，诗集《双臂交叉》等8种。

听觉（节选）

六

喀纳斯湖，听水。

不走栈桥，脚印，深一只浅一只，迷失于松软的泥沼。

夜梦，时断时续，渗漏的木壁，蓄不住如水的月光。

水中有鱼，吞噬岸；

岸上有水，吞噬岸。

湖中，到底有没有水怪？

鱼，在岸上烧烤，油盐酱醋。

人，在水中畅游，酸甜苦辣。

七

圣殿倒塌后，听敲门。

昼。夜。晨。昏。梦。醒。

门,在有形与无形之中,随时随刻,都会敲响;

心,在有意无意之中,随时随刻,都想敲响。

敲击,不一定要用手指。

一缕阳光或一线月光,一丝风或一滴雨,穿过小路、树林、楼道、窗口……

穿过,没有门槛;

声音,不会绊倒。

一座圣殿倒塌后,再也无须建庙。

神在别人的眼中,佛在自己的心里。

(选自《上海诗人》,2011 年第 4 期)

灯 笼

一盏灯笼,照自己,也照别人。

捅破的纸,很薄,感情却不虚弱。

时间会浓厚什么,时间也会淡泊什么。

我们不是时间的奴隶,我们是时间的主人。

不愿做奴隶的人们,挣脱锁链后,是一匹放荡不羁的烈马,只要有风吹草动就扬鬃狂奔——踏碎世俗,也踏碎理智。

目的地很遥远,目的地又很切近。

哪一天疲倦了,哪一天便找到自己的家。在自己的脚印里破巢,才有真正的酣眠……

(选自《散文诗世界》,2004 年第 4 期)

李汉荣

李汉荣（1958— ），陕西勉县人。著有诗集《想象李白》，散文集《与天地精神往来》等。

板 桥

在幽涧，在溪流，一块躺倒的木板或石板，托起受凉的道路。

那木板，或可做棺材，在不见天日的地底腐烂；或可做官府的大门，隔开广袤的民间。

那石板，或可做墓碑，刻写华丽的颂词；或可做牌坊，竖起一些弯曲的灵魂。

匠人一念之差，它们成了桥。

自渡渡人，它们是有佛性的木石。

比起大河激流上的桥，它们的功德是微小的。

小小的深渊也是深渊，小小的苦难也是苦难。

它横卧水上，成全了小小的圆满。

蚂蚁从板桥走过，到对岸缔结新的婚约；蜗牛从板桥走过，到对岸拥抱陌生的泥土；小青蛇从板桥走过，到对岸寻找小白蛇。

谢谢这小小板桥，众生们都有了自己可以抵达的彼岸。

浅浅的银河，大约是少了这小小板桥，遂成了万古深渊。

鸡声茅店月，人迹板桥霜。

诗人的背影渐去渐远，板桥上，依稀是古时候的霜……

（选自《中国散文诗研究中心》公众号）

人　邻

人邻(1958—　),原名张世杰,祖籍河南洛阳,现居兰州。著有诗集《白纸上的风景》,散文随笔集《残照旅人》,艺术评传《齐白石》等。

窗

也许,有人站在窗子一边,退开了。

把窗边——空开。

窗子边上有人,是讨厌的。

孤零零的一扇窗子,似乎没有人的痕迹的窗子,多好。

空窗,等于想象力。

没有人的窗子,像是世外的窗子吗?不,不可能。但有人期待着窗子空着。期待,果然就空了。

有人,退在一边,看着窗子,窗子外面模糊,对面,也有窗子。她在等,那边会发生一些什么。她知道,一定会发生。已经发生了。发生过了。

表针在挪动,她等着。猜想。不能确定。慢慢确定。试图确定。有时候,一直不能确定。

它是有些模糊的。这模糊不是来自窗子的玻璃,而是对面,对面的时空。对面在拒绝。对面不肯露出面孔的人,潜在的人,在拒绝。甚至是整体,更多的一些,无法确定的,在拒绝。

这窗子,也好像不是用来透光,也似乎不是用来看外面的。窗子,只是它自身。它的纯然的物理性,让它成为窗子本身——窗子不是拿来用的。窗子,就是窗子。这才是最好的窗子。

这隔着什么的,不喜欢让人临近、亲近的窗子。

悄然打开,悄然闭上。

知更鸟

她是冷的,也有点暖,冬天的火炉就要熄灭了那样的,乳房上残存着尚未燃烧尽的炭火。

但是,那炭火似乎要永久下去。

屋子是黯淡的,褪色了的木头,斑驳的油漆,在凌晨,或是在夜幕降临下来之后的时光。不是黄昏,黄昏是另一番意思。

她懂得那样一种场景,夜幕降临之后,立在阳台上,目送着一个刚刚离开,还没有走远的人。她的幸福的,也是绝望的气息,笼罩着她自己。

白色是旧的,连同她裸着的上身,也似乎是旧的。可,她的乳房不是。

她的乳房,还是新的,半新的,诱惑的。尤其是那张脸,和那张脸映衬在一起,它们还是新的。

但最终,它们是半新的。

带着爱和不再爱了的痕迹,不肯泯灭的,如同祈祷。

(选自"人邻的博客")

张首滨

张首滨（1958— ），云南昆明人。著有诗集《孤独的声音》。

折返处

只看他去，没看他到哪去，云深处还是云。一路歌起，虽为虫叫，不湿滑，不绊脚，便视为顺畅。另一个小声音在念叨：他有背影，不虚无。

在城里待久了，野草不野，不再追究，青黄不接才是荒凉。

有人寻八月的足迹来作画，在摊开的画夹子上写生。山峦起伏得暧昧，看得清是云雾，看不清也是云雾。用赭色去勾勒，这样做大自然里稀少，在情感的薄嫩处却多。夕阳西落不分远近，山脚下有水少鱼，独木舟作最后的鱼，自横岸边。枯树、老屋、弯曲的石径，山有势取势，无势取质，题跋中无人名，他不在画里吗？不，他在留白处。

看得到的，不一定就是；是，不一定看得到。氤氲之气，时有时无，眼前的路是上坡还是下坡？在这里没有谁能讲清楚，即使是神仙，也只会默语一指，而不会说坡度是多少。明日是远吗？那远有多远？

史上有西游记，现在会有东游故事，只是还无闲人作聊斋。

时空几维了，四维？应该再加一维，网络是一维，许多事物不分大小涌向那里。他就是行走在一条微信上，脚步轻巧，不惊动街坊，只在朋友圈里留一个便条：外面的世界很精彩，我要去看一看。

远郊秋寂青烟直，那是什么地方？隐隐约约之处，是一座小寺，清净不清净，在这时就不多说了。他这么一去，折返处，可能就是那里。

两个声音

门怎么关不上？

是一只影子，在那里挡着。

夕云西下。这是一座古院，草青任其青，花黄任其黄，烟腾霞蔚是旧事，今日瓦不比昨日薄。

这时有咳嗽声忽大忽小过来，却不见人至。世间确实有一种人，永远在路上，如果等候这种人不如等候自己，自己还有个梦转神回的时刻。

门还关不上吗？影子走了，该走的都走了。看得见的不等于就是，看不见的也不等于没有，这话究竟是啥意思？

两个声音，在屋子里说话，

仿佛真有两个人在。

张　毅

张毅（1958—　），祖籍山东高密，现居青岛。著有诗集《幻觉的河流》，散文集《迁徙的鸟》等。

在风中遥看一棵芦苇

牛群疯狂的背影自草边一闪而逝。风暴以动物的速度逼近。河水变暗，很远就可听见母亲打破瓦罐的声音。

这时木船移动，声音加宽了河床，黑白风鸣的事物模糊了天空。远处，一支暗淡的草影在平静中，摇动。如同我某个秋天的意境。

风暴临近，大地露出了不安的面孔，我看见那些动物孤独地逃亡，它们的侧影加重了天空。而风暴中心，一支暗淡的草影用摇动平衡自己。木船继续移动。那会儿，我正在一间土屋读书，一本描绘风暴的书，它令我想起很多事情。

那是秋天，雾气上升，露出山川和岩石，往事和木船一同移动。整个村庄在风暴中颤抖，只有芦苇，在风暴中摇动暗淡的草影。

回想一次沉船的经历

沉落的船,如你收不回去的手势。

一只船重叠了另一只船。

水手沉默无语,最近的海水开始沉默,一些星光和石头加重了水势,我看见海水上升,而船体沉落,鱼群复杂的眼神令我伤悲。

沉落的船,我童年一次溺水的经历与你有关。放下瓦片,回想童年,我用沉没感觉大海。

现在我在东部海岸生活,远离水手和风浪,沉默令我悲伤,而我的目光始终没离开那些碎片。

从童年的一次沉没返回岸边。

大海,我用身体把你吸干。

(选自《青岛日报》)

杨金玉

杨金玉(1958—),黑龙江佳木斯人。诗作散见于《散文诗》《源》《黑龙江日报》等多家报刊。

一棵树大声地喊鸟

树披着月光无言地走了,像女儿出嫁,绿荫如水渗入泥土。

剩下一棵树站成孤独,在风中大声地喊鸟,声音撞到楼房的墙上碎了一地。

鸟为一棵树疲于奔波,它们听到树的喊声,像一群难民拥挤在一棵树上。鸟给鸟讲从前森林里的故事,有几只鸟操着我老家的乡音。

村庄一层一层地压在楼房的下面,土地越来越少,楼房越来越高。鸟也学会了盖楼,在一棵树上筑了六层鸟巢。

不是鸟聪明,有些事情是被逼出来的,在森林里鸟也喜欢独门独院,寂静安然地过着田园生活,有自己的叶间小径,家掩映在一片绿丛中。

这棵树是鸟最后的村庄。这些鸟也是最后的邻居,一别就是天涯。

我也是一只异乡的鸟,被树喊回了故乡。

露　珠

露珠。农谚里的星星。一个节气的句号。一滴相思泪挂在季节的面颊上。流过平平的淡淡的日子。流过白霜、寒露。

储存一冬的泪水是为了打湿哪一粒种子?

一滴露珠洗凉一个穗子。从芒刺上滑落,舞姿优美,砸痛秋天。

一束阳光灼伤眼睛。从季节的眼眶里晶莹地流出来。

一滴别泪。一壶浓酒。一生一轮回。

唢　呐

乡村唢呐响起,不是大喜就是大悲。是酒气吹响了唢呐,吹响了灿烂的生活,吹响了圆缺。

唢呐活在一口气里。乡村活在一口气里。

(选自《散文诗作家》,2008 年第 1 期)

王猛仁

王猛仁(1959—),河南扶沟人。著有文集《养拙堂文存》9卷。

颤 声

深夜醒来,却找不到丰腴的说辞。

直到微笑的花蕾从心隅盛开于脸颊,走出雨季的天空,还在阴阴地晴着,泛着微微的甜意。

昔日的恋情没被风化。

然而,轻裂的土地,却意外地感受着雨滴的诱惑,迸发出最后挣扎的闪光。

人生只此一次。我天天蚕食着我自己的影子。

那幽幽的低语,以及回流于耳际的轻诉,终于在一个不经意的夜晚,生生地、怯怯地预演着,惊呆似的望着我,呈一脸如兰似的羞涩。

无风无云的天空有一行雁阵,自东向西,时南时北,苍凉如画,试图叩响一个久远的、从梦中惊现的心扉。

时光的背后,往往沉默并埋葬过许多忧伤。

婷婷的鹅黄玉立于你的灵魂之顶,于冷冷心空中驻扎、生长。看似一种馨白的蕊情,吐露于浅浅的微风中,无声无色。

一个似乎并不介意的眼光，一个仅仅出于礼貌的微笑，从人生的海洋上依次飘过。

此刻，天空是只能意会的平淡。

我站在平原，不断地采撷诗中流动的韵，啜饮着心灵音符的颤声，在凡人抵达不到的地方，重新梳理曾经失落的梦想和希冀。

窗外的阳光踉跄而下，牵动水天沉沉的魂。

咿咿呀呀，纷纷复踏那支永不褪色的歌谣。

（选自《周口日报》，2017 年 7 月 14 日）

任永恒

任永恒(1959—),黑龙江宾县人。著有诗集《小城铃兰》《又见红枫》等。

青稞酒

横卧草原,横卧在母性的格桑花里,没想喝青稞酒;裹着奶香的哈达如我心中的流云,也没想喝青稞酒。

直到转过山脊,青稞黄了,青稞熟了,在静静地等着回家。我的骨骼在响,响成一种发酵的声音。

在坡上的房前,我见到扎西,他拎着半熟的羊肉在等我;卓玛不在,去提水了。在同一块石头上坐下,指着一条小路,那条小路陡起,顺着山岩,月亮是一盏青瓷碗。

金黄的青稞如被物化了的阳光,沉甸甸的金属色,人们笑了,把笑脸埋进秸秆里,在这样的夏季里酿酒,我想喝了。

卓玛在水边,在山脚下提水回来,水桶中浮着山影,浮着岩缝中的那棵树,挽起袍角,一只手把小路拨宽了、拨平了、拨得无风。青稞黄了,青稞熟了,像领着羊群,用一桶水在领着青稞回家。

我拨开大山和扎西的手,给我天一样大的草原吧,我要跳锅庄舞了,旋转成一只酒杯,斟满祝福。

放　生

不到高原，我不知道，永远不知道。

我长在一个笼子里，或不大的池中。每天啃着水泥或水泥上的青苔，无根的青苔，有些像谎言，也算安稳地去想池边上的事。小心地活着，微笑和忍耐做成羽毛和鳞甲。

曾不敢将头探出来，只能用惊恐的眼神读着一棵树和每粒飞翔的灰尘。人们的脚步或远或近，命运拴在一把钩上。无风和静水让时间慢了下来，适应了腥臭气，也就承认了一种活法，我不是我心中的我了。

从昆仑山口望可可西里，我真的感觉被放生了。

黄褐色的雄壮抖落人间的青色，长天有界，昆仑无边，我是一片落下的云，我是一团升腾的雾，我哭了。

曾见过大，只有可可西里把我变小了；见过高，昆仑让我屏住呼吸，我变了，变得一个人站着，站出四季，站光额头……

过去的我放生了今天的我，在高原之上我低下头来。你们好，我来了！

洛克小屋

一个喜欢植物并像植物一样到处生长的美国人来了，从此扎尕那就成为一本书了，成为东方的一缕折光。

旅途的我结识了洛克，小心地挪近侧耳倾听，倾听洛克，倾听来自西半球的呼吸，倾听裹着藏袍的几声咳嗽……

他一生都走着铺满叶子的路，隔着大洋听见扎尕那花开的声音，泥屋里什么都没有，特别是面包。那晚他又饿了，摘下泥墙上的青草，他会想家。

我总在想，世间该有陌生吗？特别是人与人。我有，洛克说，植物与土地没有隔阂。于是他带着整个西方住了下来，用手势和微笑让这世界角落的人们更爱自己的家了，更爱日出而作，日落而息。

洛克小屋是泥做的，洛克像一株青草，有草在，土地就不凉，就温暖着扎尕那，温暖着今天的我们。

他凝视着东方的生长，并把他移栽到手心里，长出亲切，长出忘我，也让大山长出一双棕色的眼睛，使地球变小了。也成为一种记忆，记忆成为石子，可以铺路了。

洛克，扎尕那的一条献给世人的金色哈达。

（选自《山东文学》，2016年第9期）

黄曙辉

黄曙辉(1960—),湖南益阳人。著有诗集《荒原深处》《大地空茫》《水边书》等。

在树叶下打禅

菩提树巨大的叶片覆盖宇宙,遮蔽了世界上所有的眼睛。那一颗看不见的树,长在三界之外。

我在树叶下歇息——

一片芭蕉叶,遮阳,听雨,习字。

一片葵叶,是发散的念想。

一根细细的针叶,是随时治疗我各类病症的银针。

我在树叶下歇息,将一生的行走收揽于怀。

是时候皈依菩提了——看山是山,看水是水。看山不是山,看水不是水。看山还是山,看水还是水。

怀素写下狂草之后悄然离去,一部《自叙帖》,走笔惊天地,心中有大千。一个小小沙弥,在蕉叶上打下江山,成就大业。

向日葵是梵高的命——当然,也是我的命。那比火还热烈的黄色,比黄袍庄严,比黄金贵重万千倍。一个世界在他穷困潦倒的黄里,成为隔世的绝响。

而我只要一片针叶。曾经,我手握这一根银针,疗救病患。来不及抽走那一根细细的针,我被无形之手击倒,至今晕眩。

返回,我寻找另外的一根针,在马尾松一般繁茂的针叶树下。

静坐。写完最后一个无人识得的字,我就闭上眼睛。

(选自《散文诗世界》,2017 年第 3 期)

孤 渡

一个人的旅程尚远,天黑之前,必须赶到对岸。

天已擦黑,山高水长。

左岸黛色的山崖,危言耸听,岩鹰的翅膀,像远古的寓言,让人敬畏。右岸的田畴,一望无际。远处的暮霭,连接尘世的苍茫。

一叶随水漂流的小舟,停滞于洄水处,像一份不期而遇的爱,溶于回旋。

登舟。孤渡。

纵一苇之所如,何处是岸?回头是岸,对岸是岸。水在水中,岸在岸边。

沧浪之水,洗不清诸多的念想。一叶孤舟,载得动整个世界。别无选择的选择是一种选择,无路之路才是唯一的道路。

大风起兮,波翻浪涌。风声鹤唳兮,孤舟孤渡。

渡己,渡人,渡命。

一个人的旅程尚远，我还在远离岸边的水中。

一叶孤舟的影子在水里不断碎裂与变幻，一人孤渡的情景在天地间没有观众，也无须观众。

天黑之前，我保持静寂无声。

（选自《诗潮》，2015 年第 8 期）

成　春

成春（1961—　），笔名霜叶，广东连州人。著有散文诗集《谛听生命》《魂灵之水》。

花

秀色可餐，花便是秀色。

花使人联想人生的缤纷，花使人想象生命的绽放。

虽然果实对人们有养育之恩，但人们往往更迷恋花儿。因为花儿鲜艳的嘴唇，因为花儿神秘的微笑。

以花为衣，丑恶和腐朽的生命也会被美化。

花不一定都是美的，比如那些整天对人淫笑的花，那些整天对人迸发肉体芬芳的花。

花的天职是散发芳香，展示美丽，为自己也为他人。学花儿，就不能因自己的美丽而孤芳自赏，就不要为自己的早谢而叹红颜命薄。

生命无论长短，只看她是否美丽——为世界增添一点色彩和向往。

我们不能因为喜欢花儿的俏丽而鄙视绿叶的朴实，也不能因为赞颂绿叶的朴实而轻视花儿的俏丽。

那些被埋没了花样年华的人，花，始终是他心中的梦想。当他深吻一朵花的时候，有谁知道，他那无声的泪水，会酿成他人的花蜜？

花儿为什么这样红？花儿为什么这样鲜？也许只有花儿自己知道。

月

人望月时，月早已窥视着人。

月，借他人之光为自己披一件光亮的外衣。冰冷之躯却能诱发望月人火热的渴望，月，一种何等的魔力。

遥远而视觉美好，想象中的月亮能令人梦绕魂萦。

一滴相思泪，便是一个胀痛的月亮。

不要自作多情，千里遥寄相思，梦中月，枕一晃，便碎。

（选自《灵魂之水》，作家出版社，2004 年）

郝子奇

郝子奇（1962— ），河南鹤壁人。著有散文诗集《悲情城市》，诗集《星空下的男人》等。

竹林的秘密

带着秘密的人，站在竹林，沉默。

像我，一直梦想，沉默着站在一片竹林，不仅仅是等待，而是渴望一次相遇。

隐去那些千年忧伤的传说。竹节的泪斑，成为雨，又雾一般弥漫在晚上。这时候，一枝竹，能够点亮漫长的夜。不仅仅是为我，

为满山遍野的竹，去展示我们摇曳的相遇。

带着秘密的人，走出竹林，走不出被空翠打湿的相思。

像我，一直梦想着，与一枝竹生活在干净的泥土上。

不仅仅是生活，而是一起拔高生活的意义。

清晨。一枝竹从柔软的叶子上递给我阳光，递给我澄明的温暖。

而我呢，站在这枝竹的前边，为她挡住吹来的凉风，也为自己，留住坚守的灵魂。

带着秘密的人，在竹林，身上披满了沧桑。

与一枝竹子的相遇，是不是秘密？

竹子不语。

与竹子一道站着的人不语。

秘密是不能传说的。

就像我远道而来，站在一枝清瘦的竹前，仿佛等待着什么秘密，

只看着一些细碎的小花默然开放，灿烂得无声无息。

喧嚣中，那些虫子的语言

城市是裸露的，藏不住一只虫子惊慌的语言。

那不是脚手架上高楼的拔节，

不是奔跑的车流的速度，

不是酒吧里电吉他的嘶哑，

不是……

夜色藏不住的萤火，点点。

草丛埋不住的瓜藤，爬爬。

露水含不住的炊烟，飘飘。

是不是这些的叙述，那些虫子的话，

很碎，很轻？

粤南语、四川语、河南话、东北话、陕西腔……还有一些不好听懂的方言，都来自乡下。

城市是喧嚣的，听不到这些虫子低微的话。

说些什么呢？

城市听不进去。

只有我，听出了这些唠唠叨叨的悲凉。

（选自《散文诗》，2013 年 9 月）

灵 焚

灵焚(1962—),本名林美茂,福建福清人。著有散文诗集《情人》《灵焚的散文诗》等。

下一个就是我了

——题徐俊国同名油画《下一个就是我了》

愿望,不要大,只要小小的就好了。

比如小蚂蚁在树上与一颗果实相遇,小蝴蝶惦记两朵小花的婚礼。

为自己备好足够的耐心,风一迈步,你就知道芳香的方向。

当然,你的梦可以很大,大到上唇就是天空,下唇挨着大地,把脸藏在空荡荡的风里。那样,尘世的万家灯火都是你的眼睛,你拥有普天下的夜色。

你可以认为那些星座都是你镶金的牙齿。但你,仍然无法咬破哪怕一张薄薄的黎明。

天亮了,地平线上,残留的只是一抹若隐若现的身影。

都说“天地一沙鸥”。一生能有多长?

再剔除那些等待、徘徊、迟疑、错过……

剩下的时间只有一粒种子的萌芽、一片叶子的落地。

那么，只要小小的就好，愿望不要太大。

在薄春，趁着太阳还不会灼人，用一场雨冲洗心情，那些仍然停留在时光中的沙粒，就是你与出场之间的距离。晚秋了，摘下园子里的那些熟透的果实煮酒，约上三两好友，不论成败，只为送行：为季节，也为自己。

无论出场，还是告别，都是同一种表现：下一个就是我了。

惬意的，还是伤感的？坦然的，还是纠结的？

我是如此热爱着孩子的眼神和手势。那些期待近近的、水灵灵的，那些梦浅浅的……

（选自《核桃源》，2017 年第 6 期）

向晚时分

那暮色渡我以一片霜叶的时候，说云就云的天空，又雨了。

在两岸相望久了，总会把手伸出去。有人在另一方拥抱你吗？

而这边的季节已经起风了。

隔冬、隔夏、隔秋、隔春，隔那张危崖高挂的脸以及那欲言又止的一眼残月。

我说你总是横渡我以蝶影走向我以回声啊！在有风有浪有晴有阴有雨有风的相望中落水者的呼救。白夜茫茫。

（选自《散文诗世界》，2006 年第 1 期）

郭野曦

郭野曦(1962—),吉林永吉人。作品散见于《诗潮》《绿风》《星星》《诗歌月刊》等。

陪自己多坐一会儿

寂静的庭院,夜来香顾影自怜,美目流盼。

等待的敲门声一直没有响起,小巷深处的犬吠声,被半掩的柴扉挡在门外。

一叶蜡质的小舟,泊在一碗清水中,摇曳的波光像一阵幸福的心跳。

在花朵的光亮里,陪自己多坐一会儿。

往事如烟,两个人的烛光晚餐,没有野生音乐。只记得高脚杯落地时,割破手指的一声尖叫,鲜红鲜红的,像少女的初潮。

雪质的弯刀

纷纷扬扬的大雪,对一片狼藉的过去,是一次大面积的掩埋。

一把雪质的弯刀,正全力以赴地打制。

在地冻三尺的关东,在结痂的伤疤被大雪埋葬之前,用雪质的弯刀剖开自己的肺腑，依次交出：心、骨头、血液、肉体和灵魂。

这些多余的东西，除了雪，谁肯接收？

结冰的大河无法停下流亡的脚步，我无法在一片雪花上，放平颠簸的一生。

我试图在苍凉的景致中回过身去。

翅膀折断了，能长出鳍来吗？

解　读

雪停了，壁画的色调明亮起来。

悄然莅临的野鸽子打开灰蒙蒙的天空。北风呼啸，不能打开窗子，壁画上的裸女不习惯在跑光的底片上保持着一种抒情的姿势。

天空平静而深邃，而云朵的背面，一定在发生着什么。

野鸽子的背影一片雪白，野鸽子的色彩再灰一点，壁画的色调和裸女凸凹的线条，会更加流畅和白皙。

一片云影压低了向晚的雪色，不能打开窗子。

对壁画和裸女的解读，到野鸽子飞去为止。

（选自《散文诗作家》，2009 年第 1 期）

徐澄泉

徐澄泉(1962—),重庆万州人。著有散文诗集《纯与不纯的风景》,诗集《坐看蝴蝶飞》等。

醉花阴

桂花撒在干净的地面,一地碎银摊到了纸上。
我匍匐在地,蘸月光洗耳,听到银子叮叮当当被风敲响。
我手捧丝绸,浇阳光擦脸,看到银子羞羞答答的表情。
我闭目禅思,邀秋雨入定,却被吴刚新酿的美酒熏醉。
银色月,阳光脸,桂花酒,阕阕都是醉花阴。
忽如伊人缥缈的碎步,在秋水之上晃过。
又似一抹挥之不去的氤氲,在一个人心中弥漫。
正好是:人闲桂花落,夜静春山空。

(选自《星星·散文诗》,2016 年第 5 期)

坐看蝴蝶飞

三月十日天气新,岷江水边一闲人。
太阳浴身,翠鸟砸头,香花熏心,春风煽情。

一杯清茗，独自氤氲。

两只蝴蝶扑香而至。一白，一黑。一个是梁，一个是祝。翩跹的舞蹈，优美的旋律，余音袅袅。

三尺以远春意浓。一地菜花，比阳光金黄，比心情怒放。两只蝴蝶扑香而至，一只侍于花左，一只立于花右。夫妻双双，深入花的内核，体味甜蜜的花事。

一阵轻风拂过。两只幸福的蝴蝶，凭着好风的借力，直上青云。

一朵悠闲的云，静坐天边，对望品茗人。

是谁，目睹，并且赞美——

比翼飞翔的力与美！

（选自《诗潮》，2011年第12期）

吃茶去

夜阑人寂，净手焚香，端坐凝思，行走纸上江湖。路过赵州观音寺，遭遇禅师当头棒喝——

“吃茶去！”

我是一块无窍可开的顽石，顺势滚到一边去。

再也没有好心情，我便舍书释卷，持杯问茶，一饮而尽。

饮天，饮地；

饮云，饮风；

饮日，饮月；

饮有，饮无；

饮色,饮空;

饮过去,饮现在,饮未来……

索性饮了自己吧!

饮尽这些所剩无几的所有:积垢日久的茶杯,寡淡透明的茶水,上下浮沉的——茶叶的心。

(选自《巴中文学》,2017 年第 2 期)

三色堇

三色堇(1963—),女,本名郑萍,山东人,现居西安。出版诗集《南方的痕迹》《三色堇诗选》。

七月,荷香

雨后的长安,有你喜欢的蜜饵,也有青草的味道陪你心动。

比如,泊在郊外的荷塘,绿荷上雨水残留,如透明的词语在风中颤动,仿佛在说,这干净,这美如星眸的荷之微笑。

荷花的梦呓轻巧,花瓣复述的满怀心事,走向浓密、心痛,走向爱的深层。

触景,情生。

我不是美人,只知这盈盈时光,风貌如洗,只知这慈爱之香是肉体和灵魂的光源。碧荷如镜,映照颂词一阕,如一颗心的素洁,善念。

(选自《中国散文诗人》,2015 年)

李　霈

李霈(1963—　),山西运城人。著有散文诗集《站在远方眺望》《拐个弯是村庄》等。

时间之外

放下流水,放下远方的儿女;放下道路,放下田野一穗玉米的重量;

放下骨头缝里吱吱作响的声音。

放下一头牛的哞声,放下半夜的月色和一阵一阵的咳嗽;

放下五谷杂粮,放下日子和时间。

放下牧羊的鞭子;

放下劈柴的斧头;

放下一场风里的晃动;

放下一场雪里的凛冽。

放下刚刚燃旺的炉火,放下眼睛里燃烧的火光,和最后的一点蓝焰……

之后,你在时间之外的黄昏,站在河岸。像一尊苍茫的雕塑,或者,仅仅只是一处废弃多年的旧码头。

夜来了。我望见一河的星星,爬上岸,走到天上。

我不知道,你是最亮的那一颗,还是最暗的那一颗?

河岸上的茅草花

摇曳。摇曳。

一大片、一大片的茅草花，勾勒成一种翩翩风度。

一万颗小脑袋，一万个思想。低眉侧目。

是在构想，还是在设计？一场更巨大的风暴。

不要说，卑微或者渺小。一旦集结起来，也是一种不可抵御的力量。

把时间淹没。

让天地，一片苍茫！

声　音

月亮走出自己的梦，在河流，濯洗她风霜的壳。

我回归我的本初，在岸上，一点儿，一点儿剥落，我历经多年的茧。

你听，这声音，有高亢，有低回；有叹息，有欢笑；有幸福，有疼痛；有赧颜，有收获；

有鸟鸣，有虫唧；有花开，有叶落；

有长亭，有短亭；

有炊烟，有骨头的吱吱作响；

有阳光，有雨，有无言的落雪；

有爱恨，有情仇；

……

我与月亮对影，没有成三人。

在一条河流的身旁，我小心翼翼。我走进我的梦。

（选自《核桃源》，2015 年第 5 期）

栾承舟

栾承舟(1963—)，山东即墨人。出版散文诗集《跨越》《结合部》等3部，散文集《为自己歌唱》等2部，小说集《舔刀子的羊》等，另有合集2部。

又见梨花

一

谁的手指，宛若金石，横过春天？
谁的灵魂，活成自己，不渝的闪电？
梨花的心，动了。

多像一场不期而遇的雪啊，一夜时间，亮起漫山遍野白色的火焰。

歌声四起……

二

五龙河的水，已不是水。
十五明月，夜半惊魂，再也睡不着了。

这是个雨季。

一层又一层的泥土，机声，引导清风读月。

一粒虫鸣，是这个世界上最后的水。

唯有芦苇，看起来仍像一支摇曳的蛙鸣……

三

枝头的小鸟，会唱歌的花，把春天，次第叫醒。

谁能听懂它的语言？

在四月，它诉说着——

一片片花瓣……

一股清香，从它轻轻的啁啾中走出来，伸个懒腰，就不见了。

（选自《时代文学》，2004 年第 2 期）

面对芦苇

苇是夕阳。苇是绿色的阳光。在农业边缘、秋天边缘、江南边缘，斜斜地，横着一尾短笛，无数短笛。

黄昏唇边，今天、明天之间，最美丽的曲子，是用心去听才能听懂的曲子，袅然飞出，自苇中飞出……

一天彩蝶在飞……

（选自《星星》，2001 年第 10 期）

敬亭山

只是走走，一不小心，也会踩着，诗的脚印。

许多的好奇，如花，站在路口，全部展开了智慧，一一阅读青石、梅枝、草和鸟语。

走在敬亭山，李白、苏轼，精神明亮，始终，面带微笑，随时歌吟月色，阳光，无法言说的美。

让人于疏朗处感到禅意。文化，一些远古的文明遗存，或许是，如同金子，永远地丢了?!

但许多的梦想，走在沟壑间，像蜜蜂，大口大口地啃着，新奇与美。

永远生动。敬亭山，你的浓郁、热烈的方言，让千年不老的春风、诗人，相看不厌，仍能时时听到，秋天落地的声音，阳光啮草的声音……

（选自《人民日报》，2003 年 11 月 29 日）

曼 畅

曼畅(1963—),本名侯满昌,河南西华人。著有散文诗集《五种颜色的春天》《词语或者禅意》等多部。

返

倦鸟归林了,夕阳跌入河水中,一个坐在堤岸上的背影,顺着落日走低。

一些微小的事物在秘密地消退,昨日清风起于山冈。一块从古海洋深处涌起的大陆地,从以前已有的那些林木上托着穹隆的宏大。

风吹过来,一些蜿蜒黄土之间的逝水,全都敛在大内陆的宽阔里,我看见所有的真实,从指间闪出,直指耳的听力。在这复杂的通向里,寻找出简单。

善于着眼低处,影子写在脸上,一粒尘埃的伤痕记录着光的速度,分开过去与现在,流水去了,我看见暮色被风扬走,最后一次,又触到青霜铺路的声音。

一些我想看到,我没有看到的事实,沿着流水走近。

看见风

几片枯黄的杏叶落下来，绕过核桃树下的鸢尾花，一份天然的亲近，试图推开命运之冷。

不说孤独。一枚落叶有时也会充当一缕流云，雨水不再上涨，剩下的岸堤在季节之外，也许只是一种声音。

时间到了，季节的天空并不晴朗，更多的影子在地上跑起来，无法确定这不知其数的表达，不可思议，一种愿望忽然攥紧我，秋水越走越远。

有种伤感迎面而来。恍惚的一刻，几乎没人对突然出现的蝴蝶惊呼，别那样着急，不远处夜色暗暗，其实这不是空，也不是无，更不是没有，多么意外，一滴水总要滴落，总会倾听流水的回音。

风不大，一里多远，我还能看见万物因我而摇晃。

（选自《2015 年中国散文诗精选》，长江文艺出版社，2016 年）

荷塘有雨的脚步是必要的

荷塘坐在路上，我来到之前，许多事和人物经过，但这一切都与背景无关，许多人走在路上，雨是荷的另一种声音。

雨里痛哭，一些掌声翻阅，在清醒和沉睡的赋格，三两点屐声，泅红绣花儿手绢。

我知道荷的一生。那是一片善的光芒，年轻时我梦想，在那柔美的向往中种满荷芰，我一个人的荷香，无边无际。

把音乐转小声，别关。莲的爱情来自天性，莲的词语来自纯洁的天空，我把敬意投向那个穿着一身红绸衣的姑娘，在睡梦中，我知道时间依然继续走。

沙漏，和你说，更多的时间我落在雨的后面，下一个离荷远了，开始我只想停下来，我看不见风，但却能感觉，几十里外全是风的梦境。

荷塘有雨，每一颗清洁的心，都会绽放稚嫩的花蕾。

（选自《散文诗》，2011 年第 12 期）

周庆荣

周庆荣(1963—),江苏响水人,现居北京。著有散文诗集《爱是一棵月亮树》《有远方的人》等。

藕

容易折断,甚至藕断丝连。

都不适合地面上的状况。在污泥中,在深处,藕,坚持。如地狱里最后的净。

说起出淤泥而不染,你们认真地注视荷花吧,夏季短暂,气氛热烈,它们在阳光下灿烂。

而下面,是一节藕在耐心地憋屈。

寒冷的时候,我希望你们忘却荷花。

去怀念一节藕,怀念它在黑暗里的坚持。

湖水踩着星星的脚印走进我的梦

湖水是踩着星星的脚印走进我的梦的,然后我来到一块玉米地里,玉米须成熟时一缕紫红,接着我发现了一粒粒玉米金黄金黄,它们排列整齐而有耐心。

我不知道自己怎么在早春时一下子就梦到了秋天，湖水如何荡漾着星星的声音。正如一切不能没有结果，声音里那些不发光的晦暗不听也罢。

我的梦开始学会了蔑视，一些内容如果与我的梦无关，在我醒来后就更会让它们在遥远处，一边利己，一边唯我独尊。我喜欢星星的小脚印在安静柔软的湖面奔跑，我喜欢这样的梦境。星星在人间走动，春天静悄悄，环境不黑，我希望这样醒来。

围 棋

执一枚白子，堵上自己一条长龙最后的活命空间。当战场被清扫，硝烟止于空。四周是黑色的力量，极似死亡之后无边的黑暗。

而生机始于不起眼的边角，中原失守了，我依然不认同全军覆没。我是一个打不倒的人，欲望缩小，不是溃退，而是让一个角落重建生命。活命的土地不大，容得我立足，天空不要过于辽阔，留两个小孔即可。

不大的土地只需长出三百斤麦子，温饱之后，栽上竹子数株，松树一棵，冬天再开放梅花数朵。有一石桌，黄昏摆茶，夜晚放酒，墨一碗，毛笔一支，我想写什么就写什么。世界风云尽可变幻，老子从正楷写到狂草，必要时用红笔给所有的丑恶和仇恨打叉。不写苦，只写有意义的甘甜，即使我有千百种理由绝望，我也要祝福万物苍生。至于两个小孔，一孔留给活命的呼吸，一孔用来经天纬地。一切的天机从地面长起，比如向日葵，头颅只离地三尺，光明却高远在整个天穹。

围棋里哪有真的战斗，在这虚拟的沙场，被围到绝路，我不会投降，如果慷慨赴义是个英雄，我有当英雄的理想；说到声东击西或者趁火打劫，权当善意的幽默，会心一笑恩仇皆泯。别人自可拥有开阔地带的风光，我只需一个小小的角落。

一个小小的角落，也可以蔑视整个江湖。

（选自散文诗集《有温度的人》）

王跃英

王跃英(1963—),陕西蓝田人。著有散文诗集《走向故乡》《人在高原》等5部。

贺兰山之恋(选二)

二

它实在算不得山中的伟丈夫。

但它奇崛。在一众仙山纷纷东西拱立时,它以南北之势,让众山瞠目;

但它富有。并不雄伟的它蕴藏着稀世奇珍。绝无仅有的煤中极品在它的腹中,养育了边城;

但它神圣。抵挡着来自西伯利亚的寒流和滚滚而来的黄沙,宁夏平原才在黄河母亲的怀抱里,美得天翻地覆。

这条山脉,抬升了边城的高度;

这条山脉,抬升了边城瞩望世界的眼光。

六

我蜗居的这座城市,一个命中有石的地方。

街巷以石为尊。举目可见的地方，都有造型各异的奇石。

人们喜石之美、喜石之仁，石是这座城市最坚硬的部分，石是这座城市当仁不让的图腾。

在这里，一粒沙石就会击穿我的心性；终究，我也会成为这座城市的一粒沙石。

有时，奔波只是一个闪念；

有时，奔波需要穷极一生。

（选自《宁夏日报》，2017 年 12 月 22 日）

崔国发

崔国发（1964— ），祖籍安徽桐城，生于安徽望江，现居铜陵。著有散文诗集《水底的火焰》《红尘绿影》等。

瓶 花

是与青青的富贵竹站在一起的百合花吧？
插在瓶中的，香水百合，
仅一勺清水，便在一夜之间，她偷偷地，向我微笑呢。

是在光秃而无叶的枝上绽放的银柳吧？
插在瓶中的，粉红色的银柳，鹅黄色的银柳，深绿色的银柳，
即使无水，也能像一只只季节的灯盏，把我的眸子点燃。

小小的斗室，因为这两只瓶花——
香，抑或是亮——而被装点得更雅了！

细 雨

一把篦子，在依依垂柳间，梳理着，

缕缕青丝，那是——
仙女的披肩长发。

常青藤，飘忽而绵延的触丝，在暖融融的色调里，滴落，
鸟的弦歌。
一袭薄烟轻笼大地。少女的花针，缜密地斜织，
青草的春梦。

淅淅沥沥……淅淅沥沥……
几个伶牙俐齿的书童，念诵：
“东风里，掠过我脸边，星呀星的细雨，是春天的绒毛呢。”
念着，念着，吐芽的早春里，雨的来意。

（选自散文诗集《黑马或白蝶》，中国文联出版社，2013 年）

姜 桦

姜桦(1964—),江苏响水人,现居盐城。著有诗集《黑夜教我守口如瓶》《大地在远方》,散文集《靠近》等7部。

别 处

像河里的水草一样掉过头。转过身子,今晚的我,在别处。

我在别处。路边的葡萄园、苹果园、梨树园。一颗一颗,一串一串,枝头上的果实都采摘完了,却没有人看见我——我在别处。

在别处。那荞麦田、棉花田、花生田。跟着阳光,那些芝麻开着白色的小花,一节一节地向上蹿。花朵们中间没有我的影子——我,在别处。

向日葵。长在八月的向日葵一般都身材矮小。但它们的内心是饱满而结实的。平原上的向日葵,我一直将它看成四季里最靠近太阳的植物,从生长的那天起,它就一直将自己的头朝向阳光。清明、谷雨、立夏、小满、芒种、小暑、大暑,春天到夏天,向日葵一直用它旋转的身体默默收集着阳光、雨水和朝露。而它所做的这一切又从来都不会引起更多人去注意。直到不动声色地向大地捧出一只巨大的葵盘。打开,那里面嗡嗡嘤嘤的全都是金子。贴着葵盘,那些花瓣像一只只蝴蝶在风中颤动。那蝴蝶的翅膀也是金黄颜色的。秋天，到了收获的季节，一把镰刀飞过，向日葵沉重的头颅落在地上，那种决绝而沉闷的声响，一听，就是生命扑向大地的声音。

而这种声音，也并非所有人都能够听见。

现在应该说到你了。说到你，我的成长于质朴大地上的爱人。像河里的水草一样掉转过头，隐身于故乡稠密的树林，低下去，低下去，你留给我的似乎仅仅是你那狭窄瘦弱的背影。而将一双干净的腿脚伸向河坡，伸向秋天里渐渐变得缓慢的流水，静静地听着那脚趾撩拨起的悠悠的水声——

别处的你，其实正处在我记忆的中心，那个让我最疼痛、最不能触摸和回忆的叫作“故乡”的地方。

收　下

收下，收下露珠。漂泊的空气、悬浮的水滴。

收下，收下故乡、村庄、道路；马厩或者羊群的梦呓；

收下植物——那陆生或者水生的植物，那荨麻花忧郁的味道、纷落的玉米糕的碎屑。

收下松香、月影、浮光掠影的水面。收下一个人，一个下午。收下她用夜晚的月光压着的梦境——开阔的水面润如烟霞，她不轻易抬起的眼睛、那安静而好看的波纹。

一盅茶盏。一卷诗词。一笔好字。墨的针尖一点一点渗透。词的葡萄一颗一颗破裂。月如玉，玉生烟。几案上，青花瓷的茶盏摇摇晃晃。从下午到傍晚，从今夜到明晨。此岸到彼岸，借着月光，河流搬运一株活了大半辈子的向日葵。神的影子捉摸不定。

收下一阵风。风传递着一个人的问候，谁还记得那些旧时亲戚?

收下一轮月亮！一轮值夜班的月亮，它对大地总是充满致意。

收下。一滴墨水，轻轻沁落到纸上又重新回到笔管。

一个字，没落下，我已感到它固执的笔锋。

（选自《核桃源》,2014 年第 4 期）

亚　男

亚男（1964—　），本名王彦奎，四川达州人，现居成都。出版散文诗集《雪地的鸟》《呈现》等。

树丫上

天上的一棵树，

我在树上，下不来了。

俯视的表达，涂抹上春色，向上一点，我就可以触及云朵。堆积了很多阳光的水田，倒映着树的婆娑。我在树丫上一动不动，和鸟保持着距离。

幸好有一个树洞，供养我的渴望。

沿着树丫看出去，平坦的田野，就想什么时候开垦。

收割了，有没有遗落的，鸟鸣传达着季节。

一声声流水就在树下，从前朝而来，

携带了婉约。我过分相信风，灌进身体的时候，顺便也携带了一些莫名的疼痛。久久望着，远处和近处，我无法分辨石头的冷暖。

我就是天象中的那个人。

一转眼，树的茂盛遮蔽了我的孤独。

修长的树枝，纹理清晰。我想知道根系扎进泥土之后，血脉奔腾。每一滴血都是诗歌的样本。

我用春风标识了这树丫的年轮。

每一片叶子都张贴着饱满的风水。

树丫上晃悠悠的时光，和鸟一起飞来飞去。我离云多么地近啊，想象远古的耕种，很容易满足。

满足我一生的渴求。

植物症

到了最后关头。

空气和水分充满了幻觉。枝叶，根须，钟情于土地。

时间在叶片上，风吹着。

草的分布是理性的，不会因为风乱了阵脚。天涯，还是苍茫，都有足迹可以寻。孤烟是伴随着草的。

卑贱的一株草，

还是高贵的牡丹，轮回人间，也不过草木一秋。

当然不会叹息和悲观，尽管安静，从不屈服。

阳台养的植物，

省略心情的复杂，简单的一滴水足以起死回生。

向着太阳，不动声色，客观和冷静。把季节分得很精确。我想着一声声鸟鸣，有蝴蝶带着植物的香飞回来。

远与近，不过是心理距离。

根须连在一起,土地是柔软的。

一旦有了责任的植物,
天地再宽广也装不下蓬勃。喜水的荷,在九月的气候里,依然蓬勃。经历冬天之后,我看到了荷,保存了最完美的理想。
我落下荷的症状,
从晨光里唤醒天的蓝。

(选自《草堂》,2017 年第 2 期)

许文舟

许文舟(1964—),云南临沧人。出版散文集《高原之上》,散文诗集《云南大地》等。

哑神舞

这样的沉默,比石硬,比风坚韧。

无语,靠一支竹笛,诉述从前。

原以为,驱逐恶神,可以刀与剑,枪与戟。盖瓦洒人却是演着一出戏。

演着演着,成为一场盛宴,每年二月初八,水停下脚步,花等着春风。

采桑女子,清溪之上凌波微步;背山男人,虎啸的山谷捕获惊雷。谁沉默着,又像是呐喊。磐石的坚毅后面,是樱花柔情。幽默的元素,始终在每个动作里穿梭。

你永远也不会清楚何人在舞,面具后面,是纠结万分的痛。

舞者是孩子的父亲,还是父亲的孩子?

我看见一位舞者嶙峋的骨骼,好像就在胸部。刹那间,无量山惊现悬崖千仞。

跳　菜

这一跳,就跨过了八百年的沟壑。

后一脚留在长安,前一脚已踏上南涧。

《南诏奉圣乐》让长安激动了一晚,无量的十八条溪水,就是观众还止不住的泪腺。

奉盘,视美味于圣洁的高度,恭敬,需要舞蹈的姿态,压下一路的尘土。婚丧嫁娶,红白礼事,唢呐为礼数压惊,丰盛的菜肴,在颤动的头顶,伺候诸神。

民间的八只大碗,都放了幽默的佐料。

太阳擦洗的唢呐,比无量山的风声粗,哑神用过的长号,比彝人喊山情绪激动。马步跪蹲式,落下回宫阵的局,五梅花的招数。身怀绝技的舞者,脚下生风,能追岁月。

信奉万物有灵,敬奉礼仪,就是以舞的形式,把欢乐送给欢乐,把忧伤逐出忧伤。

木质托盘,奉上茶的春尖、酒的灵魂、菜的珍馐。

与民同乐的诸神啊,也识人间脚步。

母虎舞

啸叫,来自石头刻写的传说。石头是无量山的肋骨,可以做神仙,不可以造人。

一个自称是虎的民族，以虎的舞步，受十二兽神安排，来到人间寻亲访友。

一只雌，一只雄，再也没打算遁入山中，饮寂寥的露水。

以虎命名的山街，原来是纪念。现在，这条小街出售着生活的柴米油盐，出售着烈酒，喝一口，也会让一个民族虎虎生威。

真正的虎遁入空门，那是一座大山无法抹掉的灵魂。

谁立下母虎日历碑，用泥瓦与茅草将一场风雨挡在门外？谁设计十月太阳历，生命就是十二属相风花雪月的轮回。

在虎年虎月约会山神，巫师立祭，额骨占卜。虎舞其实是盗版，真正的虎，生活在森林。

笙乐吹奏，狂风就是虎，脱胎换骨的脚步。

（选自《大沽河》，2013 年第 2 期）

大连点点

大连点点(1965—),女,本名姜秀莎,辽宁大连人。出版诗集《点点感觉》。

呼吸或者荡漾

我忙不过来了,颜色在我的眼睛里乱。

恍如一个巨大的陷阱,但我不求救,我愿意坠落,愿意一个刹那,一个刹那六神无主。我要盛装出席,我要与你们一一对应。可我说出口的是,别让我心跳:樱、杜鹃、红掌、凤梨、仙客来、蝴蝶兰、薰衣草……花街已成花海——花语、花浪、花色、花眼、花心,花饱满,花起伏,花从不讳言她们沾亲带故。

此刻,我更加慌张,全因我在信马由缰的徜徉中被一朵一朵自由的黄菊俘虏,我束手就擒,心生狂喜。霎时,似有旧年的流光、怀想如温柔的箭矢轻轻地击中我。小小的野菊啊,即使我没有跟你交谈,我也分明感知到了天意。你质朴,你本色,你真,你不会失效。真好,关于门第,我差点喊出声:这个美丽的城市多么人道!

我承认我的贪婪,我希望每一天都流连其间,光天化日之下,身背结实的收纳袋,把赤橙黄绿粉蓝紫白大大方方地装进去。我闻香识色,举手鼓掌,不顾一切地醉一回。一切皆有颜色。云让我醉，花让我醉，草让我醉，水让我醉，鸟让我醉，鱼让我醉，蝴蝶让我醉，蜜蜂让我醉，风车让我醉，小桥让我醉，青石板让我醉，木栈道让我醉，风让我醉，我让我醉。因为醉，我不断发育，不断身不由己，不断为她们的表情定格。

我没有错。有一个外国的文学家说：世界将由美来拯救。

（选自《大连文艺界》，2015 年第 2 期）

龚学敏

龚学敏（1965— ），四川九寨沟人。著有诗集、散文诗集《雪山之上的雪》《长征》《九寨蓝》《紫禁城》等。

画配诗

其 一

小箐。江湖只是一个名词的雨点而已，被你的竹叶轻轻素抹了。我说出的话，是成片的竹林，正在给遍野生长的翠鸟疗伤。翅膀们和空气一同发芽。

箐字越小，江湖就越简单。

我把风尘，用小箐的小，从前半生头发的沧桑白中抠了出来。今后，江湖再远，只要看见青山长有竹子，我就要喊：

小箐……然后，在回音中筑巢。

（选自《星星·散文诗》，2015 年第 7 期）

其 二

大雪。不断辽阔的阴历在民谣的洁净处焚香、沐浴、生生不息。

我把树植在读过的书的扉页上。用鸟鸣一翻，
便是满纸的雪花，还有一怀不经意的风流着。

鹿在雪花织成的席上冬眠。屋檐上挂着的那些名字，
像是山丘的纽扣，一枚，足以惊心。

月光的嫁妆在雪花中发芽。我在远处读书、取暖。
等着那位在阴历中长大的女人。

（选自《星星》，2013 年第 2 期）

其　三

茶在积木上发芽。我只需半棵松便可以在书中观沧海了。
一盏茶，民国之前一笔带过，包括生长在壁上的风月。
两盏茶，雨水隔夜的眼镜一跌，拾起的是脸庞的封面。
我给邻居的钟声穿上衣衫，罢了，是我欢喜过的一个名字。
三盏茶，要还给所有念过经的茶树，花朵渺小，
像是隔着水字的我。

书已经很老了，
饮过茶的那么多字，彻夜不眠，一枚都不敢老。

我写的诗已经老了，可是，太阳每天都是新的，
我不敢老呀。

（选自《星星》，2014 年第 7 期）

莫　独

莫独（1965—　），哈尼族，云南绿春人。出版诗集《守望村庄》《祖传的村庄》等15种。

铁　树

不长，不枯。初时的模样。

一柄叶扇，小小的、矮矮的。仅此点点的翠绿，宛若还想一低再低，低伏在自己的身姿下。

甚至于似乎想收回进身下薄薄的沙土里。

一种怎样的生长方式？或者说，生长态度。

旁边那棵硕壮的君子兰，都萎了老株，抽了新枝。

那棵橡皮树，从独独的一条枝，恣意纵横，早开出了自己的一片林荫。

没了虫鸣，没了鸟啼，没了脚底汩汩、汩汩的溪流，亦没了头上轰隆、轰隆的电闪雷鸣。是不屑于命运把你从深山带进都市，还是麻木了这种无风、无雨的温室姿态。

三年了。是的，三年了。送你给我的那个故乡人，也早就不问我你的消息。

就这样坚持自己,坚持不变。

用一扇叶,坚持自己硬邦邦的树名,不生锈。

用一扇叶,坚守生命的内敛与隐忍,不动声色。

热闹和清冷,是不同的两条河流。你不选择。

做自己。做这样的自己!不把时间这把刀,放在眼里。

(选自《伊犁晚报》,2014 年 11 月 28 日)

南　竹

南竹(1965—　),本名谈广培,湖北武汉人。著有诗集《深呼吸》。

爬满青藤的木屋

不会走失。直到把木屋上的路走绿、走完。

雨点砸一下,风吹一下,青藤就欠欠身,施一次万福。

椅子上,他体内埋有的遗雷,引信已露,烟火一闪一闪。之前,他一直都深陷一场文字游戏里。他一直在喝茶:陈茶,新茶。苦涩中透出的清香。

遗雷在天空聚响,滚动。

屋脊,青藤们竖起了叶片的耳朵,抱住一个高度:上观天象,下俯尘埃。

(选自《江南风》,2016 年第 2 期)

喻子涵

喻子涵(1965—　),本名喻健,土家族,贵州沿河人。著有散文诗集《孤独的太阳》《回归与超越》等。

桑

一段枯木,不倒的原因是它一直没有告诉人们,它是一棵桑。

一棵桑,在陌上见过。那时年少,一脸幻想和烦恼。幽怨的雨天,从桑下缓缓走过。

一树桑花,一层桑叶,再一层月光。一种淡绿的情绪曾在桑下独自喁语。

后来在原野,沿着母亲的脚印,到蚕房,再到机房。

从每根纱,到每根白发。只剩下一张没有署名的黑白照片。

公园一隅的丛林,一棵桑不敢暴露自己。一层光遮住一层叶,一层叶遮住一层梦想,很独立。

终于,探出一个头,伸出一只手。若干张脸,若干只大手与小手,年年如此。

一棵桑,和我一样的中年。每长出一片,让其摘去。但他一直没有告诉人们,他是一棵桑。

每当我经过，有时我伫立。

头上的桑花不再一朵又一朵，桑叶不再一片又一片，连同月光和阳光，在她的盘头无心再插上？

次年，当我再次经过，有时再次伫立。桑皮不再青了，桑枝开始脱落。

一段直立的枯木。一直以来的美梦，像一片湖泊上空的云彩，曾经缭绕与氤氲，如今只剩下风，像我从她旁边走过。

这是一个没有闺妇的时代？桑亦如此？

哀怨没有痕迹，就剩一段枯木凝视远山和夜晚。

这是一个没有闺妇的时代，因此，她一次次接受与堕胎，只剩下荒寒和凝固。

然而，她是一棵桑，一直没有告诉人们。

（选自《诗刊》，2014 年 3 月）

张 威

张威(1965—),福建邵武人。著有散文诗集《素墨》。

“甘草”,安和草石的秋风

众草之主,在河西川谷的深度空间里,蓄满甘、平的阔大。

在草地,苍黄是漫漶的底色,有国老之号。

二月、八月除日,采根,暴晒,把情绪平放。一些风,裁出补脾益气的轮廓。时光沉淀,润肺,让过往变得清澈透明。

缓和药性是主题,用香气说话。

一次次俯身,安和草石,能解千百般草木诸毒。

大自然是有弹性的。蜜炙,可补中缓急;生用,宜清火解毒。

之后,将完整,交还给秋风。

(选自《中国散文诗》)

岁月的昭示

怀柔万物。隐语,纷落前尘。

风烟俱净。空幻,岑寂,无争。岁月所造之物,命门模糊。闲话薄凉，时光的维度，以鲜活的静态，打底生命最初的体验。

心跳平缓。木讷衰老，正煞费心机地计算，流水征途。不可言喻的故事，端然于声色之外。

种植绿意，借文字取暖。构思一截短语，构筑多元素的丰盈。

分割，灯火辉煌的背景。放逐内心荒凉，过程缓慢。供奉的香火，寄托于灵魂之上的山水，超越历史。

客观存在的事实，印证思想。把多舛的命运，删繁就简。离索，一曲死亡而复生的弦音，要赶上花团锦簇的时节。

用隐语，昭示悲欢离合的结局。

（选自《大沽河》，2016 年第 1 期）

爱斐儿

爱斐儿（1966— ），女，本名王慧琴，河南许昌人，现居北京。著有散文诗集《非处方用药》《废墟上的抒情》等。

蓝莲花

这是自然的夜晚，我能看清你，走在湖水旁边，孤单得像一只失去家门的钥匙。

有一会儿，你临水而立的样子，像一块淡蓝色的冰块，盖住你面前溢出来的月色。

天地本是一盘布好的棋局，充满神秘的未知。

一朵蓝莲花，具备足够的安静和力量，捧出草药和黎明，度稀薄月色，也度更深的念想，声声若清风徐来，如琴上琴声，而止于皓月、明镜。

我自然看得见松间那条清泉，飞流而下，源的那一端是缘，另一端也是。

常常想起你说起的远方，以及远方山顶上的庙堂，回荡在云雾深处的木鱼晨钟。

我仿佛看见彼岸那棵菩提树端庄的坐姿，面对一条竹菊吐香的路——就是我一直想走的那条路，通往明天。

而你还在持续右行，长长的影子亦步亦趋地跟在你身前身后。

我自然不会经历你的冬天，无法说服湖面厚厚的冰盖，为你释放温暖的涟漪，无法陪你坐在落叶遍地的纸笔面前，完成对寒冷的审判。

我只有这一个夏天，可以等在你经过的路上，却被水阻隔，并被四方的雨水围困。

唯有这一世超脱出尘的蓝色冰雪，可盛开于你的睡眠，默然接受，爱你的必然。

如莲花，爱水；如菩提，爱觉悟。

无论我的词语是深、是浅，这无边荡漾的尘世，有你，我便寂静、欢喜。

观　荷

走过了白云与山水，我已步入发白如雪的岁月。

但我不用回头，依然可以用心看你，像一首出尘之诗，远远高出污泥浊水。

红莲故衣之后，载酒来时，仍忆你当年荷芰风轻、水边香彻九重的样子。

——你把清净研入墨痕，飞过尘封日月，跨过线装书脊，和我这样一个放不下执念的人，一起浪迹诗酒天涯。

一定有一片水域，让你愿意放弃暮色与山河，一定有一条诗词之路，通往王的花园。

想必一颗初心不染旧尘，定是历经过一次次纸笔洗礼，于东风起处坐于碧波之上，用落雨的声线理清了生命的纹路——

出尘、慈悲、正觉。

只余“圆满”二字在画中等你。

爱莲新说

还有一半的湖水，在等待荷花带来成群的蜻蜓，她们是想象的一部分，也是欲言又止的另一部分。

今天，夏风十里吹晴天空。

古柳一株舞于窗外，就像一个人安静地面对孤单的另一半，为看到的一片风光，一会儿安详、一会儿沸腾。

此时，清风穿行在河流的两岸，白云追赶着晴空，羽白、半醉，仙衣胜雪，代替某朵莲。

听爱莲者说梦、说水泊、说夏蝉、说乌纱和荣华，说起梦中之莲在世外盛开如满月，这六月的一天，便如梦幻徐徐铺开。

这么多年，许多清心如莲的人陷身淤泥，背对诗酒与爱情，走向繁华与飞霜，只有有情人回过头来看，看她身心不染等候在锦书的一端。

仿佛一面湖水误入藕花深处，又仿佛沉醉的人找到了归路。

那些曾经失去的，比如孤单、比如田园、比如红屋顶和蓝星星、比如为深爱的女子劈柴、喂马、在她鬓边插满鲜花。

（选自《作品》，2015 年第 10 期）

胡　弦

胡弦(1966—　),本名胡传义,江苏铜山人,现居南京。著有诗集《谛听与倾诉》《十年灯》,散文集《菜蔬小语》等。

窗　外

窗外风景挺好:从窗子到那道围墙,大约二十步,围墙把我的目光罔在垂柳、木槿、小沟、野草间。有时候写字疲劳了,把脸转向窗外,常常会有蝴蝶牵着我的视线在那里跳舞。窗外真像个舞池,春天,一大群野花在那里跳舞,而在垂柳的下面,太阳的光斑在地上晃动,不知疲倦,像欢乐在闪烁……

问题出在那天中午,一个摘花的小姑娘——对桌老沈的女儿——在窗外冲我做鬼脸。我突然发现,她的身体在变形。她转身摘树上的木槿花,校服的后侧像被什么拽住了,变宽,不能跟上身体的移动。我才醒悟是玻璃在作怪。是不规则的玻璃把一个小姑娘弄伤——她还蒙在鼓里,她不知道玻璃已经把她的调皮和天真改写成了一种真正的怪模样。

小姑娘走了,伤也好像消失了。但我知道,伤并没有走,它已散落在垂柳、木槿、小沟、野花间。

——它本来就在那里,可我一直没发现。我竟一直陷身美的盲区,一直以为:那就是我熟悉并且赞美的美。

(选自《散文诗》,2006 年第 5 期)

马启代

马启代（1966— ），山东东平人。著有《太阳泪》《杂色黄昏》等诗文集18部。

与桃花私语

桃花，不开就不开吧。别轻信宣传，现在天还太冷，冻死了雪花，冻败了杏花，他们还在制造冤案。

桃花，要开就晚些开吧。那些赏花的人，不一定爱你，躲开淫秽的目光、贪婪的目光，到山寺里躲躲，等待真正爱你的人。

桃花，要开就现在开吧。到我梦里来开，到我诗里来开。你知道我有多么爱你，我无法去看你，你就大胆地来吧。

我储备了足够的温度，刚好适合你。我们两相厮守，慢慢地享用一生。

云在远方

风静下来，躺在天空的云，像弃之案板上的面团被揉来揉去。

阳光的手，风的手，还是上帝的手，只是揉，揉，还是揉……

无人关注这一切，光天化日，似乎与人无关，我的心，被那团云硌疼。

（选自《山东文学》，2012年第8期）

张灵均

张灵均(1966—),湖南岳阳人。诗歌、散文入选多部年度选本。

睡莲,睡莲

你枕着水波的枕头,以仰卧的姿态,羞涩地开。

似睡非睡,微妙地开。只开了一半,恰到好处的一半,停止了。

停在这个春光明媚里,停在一只蜜蜂的贪婪中,停在我局限的想象之外。

另一半啊,你是在浪漫主义的梦中等待,还是在超现实主义的旗幡中坚守?抑或是新古典主义倡导的,就不必开了?

东风不来,暗香隐隐。莫非你欠下了岸柳千百尺的愁绪,要让前世今生的谁来梳理和偿还?

那塘角泊的渔船由春光放牧了几千年。

而前世的人,还躺在古典诗词里酣然入梦,不曾醒来。而今世,我是一个早醒的人,是汉语里被称作过客的人,浪迹江湖的人。

我怯于身上抖不落的凡尘,止步在相对遥远的空间里,你像是一团耀眼的火焰的苗头,那气焰点着了我睫毛的草原,就像雪花的火焰让人对天空的晕眩，就像我曾迷恋的那一场大雪，而大雪却让所有的道路失踪。多少年，我不曾走出一场大雪。

我没有足够的热量为心中的积雪解冻。而眼前这一塘水可是那年大雪融化而来的？

我听见塘水内心的纠结，又何时有过一刻的宁静？

这是春水心中早生的涟漪，已经泄露了春水萌动的隐忍之情，我也不会对一朵睡莲的形而上如此由衷。

仿佛是谁为塘水安放了一个小小的心脏，我听见我呼吸的心跳和塘水保持一致的律动，是水火相望，还是起死相生？

（选自《散文诗》，2017 年第 7 期）

洪　烛

洪烛(1967—　),本名王军,江苏南京人。著有诗集《南方音乐》《我的西域》《仓央嘉措心史》等。

西湖的藕

你的手臂是用来拥抱的,却找不到拥抱的对象。常常怕冷一样抱紧了自己?“不,我的胸怀自有一尊虚构的神像。”你的心眼比别人多得多,不是用来算计,是用来思念的。在怎么思念也够不着的时候,结满了扯不断的丝。即使西湖干了,石头烂了,你眼中仍然有一片不会枯的海。湖水是甜的,海水却像泪水一样咸。没有谁能拦住你的哭。别管我,就让我一个人哭到天黑,就让我自暴自弃地沉沦到底。你们爱湖面的荷花,我爱湖底的淤泥。你的梦是真的,你的现实才是伪装。你的家地址不详。你好像根本就没有家。“只有热爱光明的人,才能做到不怕黑暗。我就是在泥沼中过一辈子,心里不也还是干干净净的吗?”

红菱艳

你真轻啊,轻得可以在水面站立,比影子重不了多少。往前走了几步，顶多漾起一圈圈波纹。你踩着荷叶跳舞，找到了步步莲花的感觉。脚上穿的鞋袜，一点没被打湿。你还想在我掌心跳一曲的，只是，我没敢伸出双手。跟西湖相比，我不配做你的舞台。你旋转起来，面容模糊，身体变得飘忽。我只能看清两只踮起的脚尖。在舞蹈中你不断减轻着体重，直至彻底消失。一双粉红的绣花鞋，遗弃在岸边。这我能理解。对于忘我的舞者，连舞鞋都是累赘。纤尘不染的你，不会连我也一块忘了吧？

（选自《都市》，2013 年第 2 期）

黄恩鹏

黄恩鹏(1967—),满族,辽宁沈阳人,笔名黄老鰓。著有散文诗集《过故人庄》,长篇非虚构散文《到一朵云上找一座山》《一个山村的理想国》《黔地扶贫笔记》等,理论著述《中国古代军旅诗研究》《黄州东坡》等。

月光深处的雨

我在月光里伸出手,试图接住一粒雨或一粒鸟鸣。

但我两手空空。一些风从树隙间穿过,声音或弯或直。雨深入了树心。我看见涟漪旋转。月光,只用一个词,便把大地清扫。羽翼与月夜重叠。窗子挡住梦想。天空在杯子里倾斜,水寻找水,母亲寻找孩子。南方河流,血液已然干涸。大小欲望疼痛了整个夜晚。我难入睡。清风趁机携草香滑过躯体进入灵魂。宝石在梦境里寻找家园。光的残渣被一些植物吸食。紫丁香和木槿。山茱萸和海棠。小溪蜿蜒,记忆流淌。物质在前,精神在后。灵魂无所皈依。一件古旧乐器,迫切需要一支曲子来完成它平生夙愿。山水被一些植物牵绊。多么静!这月光,让我不在意蚂蚁的假善酿蜜之举。月光,心存悲怀的人不会计较草与树谁高谁大的申辩。一场风与一道雷电合谋劫持一小片天空。但是,一棵草只需一滴清露就够了。一片竹林只需一声长啸就够了。一块石头只需一道水流就够了。远村之外，一些细节无法捕捉却令我回味。昨天，我随一缕月光渡来。它停泊、靠岸，脚步漂泊头顶。我清醒、倦怠，皆来自多年草香浸泡。我与月光融在了一起。我腾踔而起，张开翅膀向月光深处飞翔……那里雨声不断。

（选自散文诗集《过故人庄》，中国青年出版社，2011 年）

叹逝之书（节选）

一

一些风，开始吹拂我了。秋风掠夺谷物，夜莺堕入河流。一只鸟快速把天空切开。我听见一张白纸被撕开的声音。透过风的缝隙，我向无限遥远的遥远眺望：那里，有一溪云，悬浮不动。万物从我身边经过，倒映着我，多么清澈！我的身上饱含了大地所有：花语、鸟鸣。我随一溪云飘动。湖泊、植物、鸟群、草滩、农庄、山林。细雨纷飞，我看见这些意境。披绣闼，俯雕甍。阳光里一小片雷电奔逃荒凉的大地。一些茶沫儿躺在两只瞌睡的杯子里，声响渐有渐无。般若波罗。遥远天边，反弹琵琶的飞天，是哪一家园子里的芊芊青竹脱胎换骨的女儿？又向着哪一个夜空里的月亮，在哪一座沉重的墙壁上，悄然飘升？

二

手捧一把清风。洗脸。阳光在脸上肆意流淌。“夫风者，天地之气，溥畅而至，不择贵贱高下而加焉。”田野在上，森林在上，记忆在上。透过身体，我看见了另一个人的身体，一枚发亮的叶子。忧伤的隐喻，无法抵达覆水难收的青春，缥缈无期的别离，在文字里淬炼成金。河水返照回声。黑夜里我与一个词作战：鹰，还是太阳？我永远伤痕累累。孤独的命运，无法更改的流逝。一枚树叶，风载不动它，距离载不动它，时间却能称出它的重。时间虚无。孤者羁绊的路径，众神纷拜的河流，渐隐渐没的烈火，淹没了太阳硕大的指纹。

三

沏上毛尖，我给一杯水命名。我与时间争夺一小片叶香，滋养刹那而逝的思想。我，还有你，有何理由蹉跎时光？但是，你和我，和他，谁能留住回忆？谁能看见时间构筑的虚无？一个又一个时代，意念堪比动物凶猛。你要举起歌里的火焰，烧尽黑夜。我丧失了一切，一切都已遗忘。一朵云在寻找一座山，水一样的阳光洞透了雨水和石岩。大寺的钟声响了。敲钟的人啊，钟声只上升了一半，便被风吹落。

九

我开前庭迎日色，掀西窗迎斜阳，封北牖驱严寒。大门敞开，我迎云雾随时来。风，开始吹了；雨，也潇潇下。蔷薇。紫荆。棣棠。素馨。夜合。瑞香。木槿。它们，都到哪里去了？我，找啊找，找遍了素绢、灵壁、阁桥、山斋。我握青绿兽面门环，缓缓拉动，紫铜门脚的大门，吱地开了，山影幢幢，雨梦幽幽。月光的香气，随每一天的必然与偶然，飘进了叹息。战事风云多变幻，雕栏玉砌朱颜改。当你孤独时，莫凭栏看云。

（选自《山东文学》，2012 年第 10 期）

蓝　蓝

蓝蓝（1967—　），女，本名胡兰兰，祖籍河南郏县，出生于山东烟台。著有诗集《含笑终生》《内心生活》等。

槐树里谁在说话

那是我不知道的名字，槐树里谁在说话？

它的根在大地深处比天空更远，远到别处的黑暗泉水，远到黄土下面的瓦楞——紫色的瓦楞被一阵不知来自何处的风吹着。

也许……槐树在那里不是它自己？它开出的串串白花是另外的东西？

它会沉思地说出一个词，使地下的一条河醒来—— 一股深蓝的激流冲到人间，一阵槐香在大街上飘散！

我猜想，它在一个世界洗脸，它也会在另一个世界藏起来，羞涩地脱去衣裳。

（选自《诗歌月刊》，2014 年第 1 期）

散　步

一棵年老的狗尾草在秋日的阳光下打盹。

远处的城市在渐凉的风中像一头灰蒙蒙的巨兽。

一棵萎黄的草,它回想着春天时的青嫩和招摇。

一切都已过去——雷雨,烈日,蜂蝶的嬉闹。它在静静度过安详的余下的时光。

散步的人被它的静默突然拦住了—— 一棵年迈的草！它以它应该成为的样子使一个找寻生命意义的人深深地弯下了腰。

(选自《青年文学》,2001 年第 3 期)

木易沉香

木易沉香(1967—),本名杨润峰,河南商丘人。著有诗集《暗香不尽春未央》。

合欢,合欢

这些日子,我只说麦子、玉米和落地的青黄,不再提及云朵、葱郁与你的落雪。

因搁置太久而生锈的锦囊,除了离乡背井,抛却缥缈的琴音,还必须放下心底的沉重,藏起清浅的河流,舍弃那些欲碎的光芒。

河流继续塌陷,呼吸多次把荒凉贯穿。

如果进一步将月光磨亮,丰满潜行的虚幻,以花朵的名义,彼此对望或者消亡。仅仅是隔岸的繁茂,来自背后的风景,便足够惊醒树上的鸟鸣,抚摩到你红灼的肌肤。

你终归没能喊断落日的昏黄,荣辱在忽然之间。犹如我一度离开流水落花,并生出羞惭。

啊!合欢!合欢!分为痛,合为欢。

我有奢侈的黑,耀眼的白。

合拢灯火的,不但是漂浮的那缕炊烟,你还需要适时停下来,在最深处,拍打尘寰。

(选自《散文诗世界》,2015 年第 10 期)

鲜　圣

鲜圣(1967—　),四川巴中人,现居成都。著有诗集《鲜圣诗选》,散文选集《灵魂的舞蹈》等6部。

听　蝉

总以为是一棵树在站着说话,是一片叶子在歌唱。

我望着一棵树,想看到树的嘴唇。

我的脚步惊动了一棵树的眼神,声音突然停顿在我的寻觅之中,戛然而止,大山一片寂静。

蝉,让一棵树成为大山的乐器。蝉鸣,是大山的波浪,起起伏伏。

我终于看到了一只蝉在大山里飞翔,很轻,没有留下任何痕迹。

蝉在我的注视里,把心跳和呼吸的闸门都一起关闭,不露声色,像一个羞涩的私奔者,躲藏在一片叶子的背后,内心里潜伏着一支乐队,上弦的音符一触即发。

静谧的大山,呈现短暂的黑暗。

蝉,躲过我的目光,在它的天堂里我是匆匆的过客,它开始了自己的表达，声音像流水从山岗上喷出来，打湿了我的眼睛。

我什么也没有看到的时候，双耳，灌满风声。

蝉在山里，喊着一个人的名字。整个夏天，一只蝉和另一只在说话，声音一会儿熄灭，一会儿燃烧。山里的人一会儿进，一会儿出，来来去去的路上，蝉的言辞，羞羞答答、躲躲闪闪。

（选自《流淌的声音》，海天出版社，2015 年）

赵宏兴

赵宏兴（1967— ），笔名红杏。安徽合肥人。著有散文诗集《刃的叙说》。

听 歌

在这样的一个夜晚，我坐在寂寞里，听着雨声和你的歌声，我不想让雨声淹没了歌声，又不想让歌声淹没了雨声。

雨是春雨，润物细无声的品质，让人想到明早的大地上，会增加一层浅浅的绿意。

歌是你唱的，我从歌声里嗅到了你熟悉的气息，听到了比语言更能打动人的声音。

这个夜晚被歌声和雨声涂亮，它的黑暗呈现出一种高贵，而不像过去，在我的面前像一块巫婆肮脏的破抹布。

歌声与雨声同时到达。只是我的耳朵太少了，如果能多几个耳朵，我将变得更加完美。

啊！让我走出去吧，站在阳台上，对面的窗户，像情人节里你为我点燃的那支小小的红烛，在风中明亮着。

你的歌声停了，雨声还在继续。

采草莓

点点的红，在绿叶的覆盖下，使我伸出去的手感到畏怯。

与那枚红愈近，愈显得我的手苍白。

它们安详纯净的姿态，使我丧失一切欲望。

它们是有翅膀的。我的手指惊动了它们，它们翔动起来，使田野一下子成了天空。它们展开的秘境，让我神迷、局促、喘息。

它们无枝可栖的巨大悲凉，使我心魂俱碎。

它们又落下来，落到这片朴素的土地上。它们要守住自己，让自己的红，成为春天的眼睛。

（选自《散文诗》，2005 年第 2 期）

文　榕

文榕（1967—　），女，本名顾文榕，生于江苏无锡，现居香港。著有诗集《风带我走》《轻飞的月光》等。

雕栏玉砌的倾诉

时光如许宁静，我们经过雕花的玉栏，有露水的侵袭，仿佛过了许久，又仿佛刚刚开始，我站在这宁谧的街道上，风，从远古吹来，又到落花的时节了。

眼神比以往清亮，笑意比往昔更浓，我们泛红的双颊容不下过多的喜悦，无声的言语，从夏至秋，跨越了彩虹的两极。

落花时节，仍待花开，因那喜悦是一盏长明的灯，照亮了雕花的玉栏，没有喁喁细语，没有高声对谈，静默流溢在街道四周，欢愉如风的种子，每一颗都长出翅膀，旋舞它宿命的纠缠。

静候花开，春之歌或秋之曲，待这旷寂的小道上空无一人时，我要翻出我的嫁衣，拥抱你的身影。许多往事荡远又走近，还有一阕灿烂的余韵，我不愿书写，当秋风再度吹起，我的落寞更深，更辽阔，那时，看远山一点点敞开它的襟怀，我只待在你的梦里，长醉不醒。

（选自《大公报》，2017 年 10 月 1 日）

李俊功

李俊功(1967—),笔名空间,河南通许人。著有散文诗集《梦园》《五种颜色的春天》等。

丝瓜架

沿着阳光,沿着雨水,沿着它自己的梦想爬上棚架时,丝瓜,一株,其实不仅仅是一株,它们已经扶着夏天的肩头站得高出了溽热的日子和风声了。

一个季节的绿色开始集中于自若的向往、独自的审美。一片扩张的叶片时常暗暗震动一下,它就延伸了朗润的抒情。

喜欢在丝瓜架下,仰望几片叶子,黄色的花朵,远远的背景里云的悠闲,三五只燕子的追逐!

我写过母亲躺在丝瓜架下小歇,缓解秋收带来的深度疲劳的情景!她望着自己亲手种植的丝瓜,所有的劳动烦恼都会顷刻消散,那上面有自己的心智凝成的果实,那上面垂吊着不断长大的喜悦。

一个人,当他的心灵萌芽、生长,直至结出甜美的果实时,他会想到立时拥有整个天空和大地,身外的一切烦闷、犹豫、忧郁等等都将云散。

就是一株小小的丝瓜,它醒目了多少个花朵和馨香的期盼啊，所以它青春、青翠、清丽，扫净了无数个晨昏的幽暗和浮尘，探出了绿着、笑着的秘密！

一只大土蜂，一会儿飞近左边，一会儿飞临右边，不断为一朵朵丝瓜花剪彩着开张的喜悦！

而它全身沾染的金黄花粉，像无法抖落的一万份祝福。每一粒都浓情四溢！

故事总是在发生，不经意的侧首间，可能就有一句经典，一下子张贴在你的眼前，像动词一样，倒挂而下。

嗡嗡嘤嘤，小蜜蜂打远处慕名而来，它再也飞不出这片摊开的绿，和阔开的安静。

累了，在下面静听一片绿荫、静听一片绿叶，里面热流涌动，定会有鸟声此起彼伏，有燕语如翦吧。

说　话

不去说出它的名字。连春天也不去喊叫它的名字。它获得了一丝温暖，就伸展一丝绿意，它获得一字启迪，就凝聚一天的努力。它内心有一条长江般浩大的河流，它内心有一部平原般经典的辞海。是关于花的，是关于果实的，是关于幽雅的，是关于悠闲的，是关于梦想升腾的，是关于素心若雪的。

只用花朵说话，扩大芬芳。

一株无名的小草最早用纤柔的自身摇撼着迎面而来的春天。

除了花朵和想象般的秀美姿态，它一贫如洗，无边月华和无涯的春风是它储存的全部财富！

我驻足，打量它以及之外的天空，内心不敢停步，好像遇到整个季节以及更为强大的对手。

昂　首

天空多么纯净。一树树杏花提着耀眼的小灯笼，照亮了回归春天的道路。一个人，放下一冬的忧郁和心事，听到了远远近近敞亮的芳香回声。

清风开始代替他描摹出开花的心情！

他慢慢地走近。和树木一样高大的身材，映衬着壮阔的田野。

随着一滴滑落的眼泪，他把头向上昂起来、昂起来。

脸上，倒映着杏花，以及杏花的宁静。

（选自《核桃源》，2017 年 4 期）

陈于晓

陈于晓(1968—),浙江杭州人。著有散文诗集《听夜或者听佛》,散文集《路过》,诗集《身动心远》等6部。

品 茶

有时,你抽走水雾一缕,你说这水雾是从茶杯中逸出的。你坐在柳暗花明处,坐看风起云涌,依然心平如镜。

有时,你划走轻舟一叶,你说这是一枚被泡软了的茶叶。你徜徉在水天一色间,你忘记自己的时候,晶莹成露珠一粒。

很多时候,你从翻腾着的茶水中,捞出了青山、溪流、黄土、竹林和隐隐人家。

你说,这茶水中,其实蕴藏着故乡,蕴藏着炊烟,也蕴藏着远方。

偶尔,你从茶水中,捞出了一粒粒的禅。

白云飘来数朵,岭间有高僧,或者是道人走过。

然后,你取走了茶水,便也取走了诗篇。

现在,只剩下一个空杯子,只剩下了一个小小的虚幻。

(选自《散文诗世界》,2016年第11期)

洪　放

洪放(1968—　)，安徽桐城人。出版长篇小说《秘书长》《秘书长2》等。

祁眉八帖(之三)

看上去，轻些，再轻些。茶立在山坡上。而山坡几乎都在六百米上下，向阳，或者背阴。一律被茶覆盖着。那下面的黄土，一年年地更黄。而上面的茶叶，却一年年地更绿。

山静着，茶的苍翠的根须，紧紧地抓着山的骨骼。

水流着，茶的嫩绿的叶片，依依地抚着水的胸襟。

因为山的沉重，这茶便获得了淳厚；因为水的空蒙，这茶便汲取了灵动。而因为江南不绝如缕的文化，这茶便有了蕴含，回味无限。

一个人坐在山坡上看茶，看着，看着，就成了茶中的一棵。或者一片叶子，或者一朵黄而细碎的茶花。

回到尘世，便是满身的清香了。

(选自《安徽文学》)

仿佛春水一般

我总是被自己内心的安静护佑着。外面一直很喧哗，而且越来越喧哗了。

人不可能仅仅生活在内心。就像春水，不可能仅仅流过草地、花朵、村庄与遥远的钟声。它一定要经过城市，经过喧哗，经过无边无际的荒漠。只有经过了，它才是春水，才是真正的一条经过了的生命。

但是，我知道春水的内心是安静的。

它收藏了很多，有很多年前的一件件小事，有曾经的一小缕阳光，有一两根青青的草叶，有一只蝴蝶飞过的印子，还有在水边的那些过往的话语。

安静不需要很多，有这些就够了。

仿佛春水一般，生活在不断地流淌。我们永远不能停止，除非死亡。

然而，我们可以持有内心的清洁，并且依靠它，获得它的护佑。

（选自《文学报》，2012 年）

夜静，与一只虫子相对

你把我也看作你好了。夜很静，我们都是失眠者。

也是时间的窥视者。

世界犹如一根灯烛,照出的影子,游离于真实之外。谁也看不清楚谁,除了这一刻,我们相对,一只虫子的时间,也是一个失眠者的时间。

很多的故事就在这一刻复活。

很多的思想也在这一刻磨砺。

而我们是相知的。在每一个时刻,都有同路者。或许光阴早已逝去,但影子里的爱情还在一寸寸生长。

我们窥视到了什么。

一眨眼,彼此便已消失。

(选自《南塘》,合肥工业大学出版社,2009 年)

宋晓杰

宋晓杰(1968—),女,辽宁盘锦人,笔名飒飒。著有长篇小说《在城市背面呼吸》,散文集《雪落无声》,诗集《纯净的落英》,散文诗集《以沉静,以叹息》等。

稻草人(节选)

一

试着,排兵布阵;试着,记住那些金黄的细部、黄金的闪烁之处。

——诗人说:“生命并不短暂,短暂的是人。”

二

遮阳帽。小花褂。倾斜着身体,急于长大。

手握小彩旗,呼啦啦,呼啦啦,麻雀、老家贼,全都被你吓跑了。

——如果愿意,你就顺着自己的意思活;如果愿意,你就变着花样儿笑。你就是童年和童话的粮仓。

编织与创意,历来是春天的缔造:清亮的露水挂在唇边,你睁开瞌睡的眼，清风扑面，蜜蜂旋舞，花枝乱颤……在干草收割之前，你不停地歌唱九月、明亮和停顿的时间。

三

古老的机杼没断，打草机停在檐下，会把你打扮成什么样子？那些线、横梁、踏板，太熟悉不过了。是谁令光阴漫漶，一把把星辰推到天边？

当我翻过山冈、涉过梦的泥淖，苦难中止，天使在晾晒翅膀，蕨类在编瞎话，而我在慢慢变轻……

身影消逝，单调的声息、奶奶的咳嗽、模糊的面容……都在原地旋转。

风箱得了哮喘，但是，一家人的夜晚因为你而烟火旺盛，晨昏升起明净而温良的火焰。

五

我要给你一个心脏，一颗透明的水晶。没有血，没有疼，永远明亮而喜悦。

我要给你绿野、仙踪、夙愿；给你晴朗的笑容、美丽的旅途、至爱的旅伴。

我还要给你绵延不绝的田野、宽舒的怀抱、无尽的蔚蓝和夏天……

（选自《左诗苑》，2016 年 5 月 20 日）

露天电影

细雨、幽香、灵动的眼波，审慎、羞赧；
平凡的碎片却是一个人的星辰。
黄昏来得正是时候，
在旷野中足音清澈、荒芜，大地陡然浑厚，
朝着一个方向呜咽，日夜满怀生的理想。

——《纪念》

你还坐在黑暗中看着电影，是露天的那种，是黑白的那种，即便表现的不是雨天，也有“阵雨”哗哗地下着，人的脸和身子有一点扁平。

先是很多人，嘈杂的吆喝声、奔跑声、心不在焉的咀嚼声——那声音正好遮住银幕中主人公羞涩的相逢。

后来，陆陆续续地减下去：一个个人物、一处处场景、一颗颗星星，缓慢，雾霭、下坡……无知无觉的过程。

剩下多余的我，在空白中漫漶，迟钝地被记忆漂白，旋转、寂寥、茫然，欲哭无泪。

黑暗中，白色的幕布似大地之门高悬。

我坐在原地，痴痴地等着电影慢慢演完，等着散场的喧沸中有人焦急地呼喊我的乳名……

四野空寂，而我，还沉在苦海和滚滚尘埃之中……

（选自《山东文学》，2016 年第 1 期）

薛 梅

薛梅(1968—),女,河北承德人。著有理论专著《承德诗歌简论》《与面具共舞——中国网络诗歌现状研究》。

高于一切

有什么高于一切之上。我听到时间河岸的回声,一波一波盘旋上升,浮起在苍茫之上、大地之上、稻谷之上、树之上、山巅之上。

这声音一度让我彻夜失眠,常常陷入恍惚,疑似是自己在喊破喉咙。然而我真的没有发出任何声音。我在窗前,蜷缩如猫。

那时,我在梦里,看见我自己。

在一个无法数清数字的楼顶,窗口叠加着窗口的楼顶,稀奇古怪的声音湮没的楼顶,我一个人刚刚睡醒的楼顶,可以触摸到星星的楼顶,可以爬到月亮上的楼顶。那里,似乎整个天空都在接纳着我,等我顺着窗前伸过来的一架天梯,到众人瞩目的、伟大的、可名状又不可名状的声望里去。

然而,我的嘴角上扬,甚至,还有些许冷傲。大张着一双胳臂，向前一纵，我的双肋就插上了一双翅膀，透明的翅膀。

我看得见云气上升，麦香下沉，而大地葱茏。

我看得见你。

在初次相遇的河谷，武烈河水清凌凌唱着，不知疲倦地唱着；远处山峦起伏，一幅巨大的夜的剪影；家乡的白桦点燃起明亮的灯盏，红艳的火炬树柔软着初秋的风。

你在长长的漂泊之后归来。先于我，站在已然冷寂的戏台之上，油彩遮不住内心的起伏。但你仍然是安静的，你伸出的双臂是安静的。

你闭着眼睛，用心来听着风声，用心来听着我无声的呼吸。

我看得见你。

我欣慰，你的青春就是我的青春，你的欢悦就是我的欢悦。

我加紧下沉。你的归来就是我的归来。

我知道，当泥土的气息越来越浓，当我的心跳开始复苏，当我的眼角终于落下凝结的泪珠。我知道啊，你已然接住了我。

你接住了我。

还有什么高于一切之上，我甘愿下沉。

（选自《现代青年》，2011 年第 11 期）

杨　林

杨林(1968—　),湖南芷江人。著有散文诗集《花开花落》等2部,诗集《潮起潮落》等5部。

静

我在伤口里等。

用一抹夕阳涂抹忧伤,等天堂开启一扇门。

死寂。

你脸色铁青,像被秋天抽干了水分,只剩疑惑、撕裂的注目。

还有多少个秋天可以挥霍?

心,如微尘,被风抛起又跌落,没有回音。

默然。目光如炬。

守着这时光的入口,捂住那些惊悸。

我无法把握消逝的景色,只能用回味照射旧情。

那些过往在飞鸟、云烟里停驻,在镜子里发芽、抽穗。那锋利的芒倒刺着天空,反衬你倾倒的湖,微波只是轻微地叹息,不露声色地战栗,传递阴冷和空茫。

你我构思的村庄,在一蓬莲上。

打坐。祷告。

你起伏如一滴水,而我是你滴下来的那一面玻璃,以划痕接纳生命的吻合与舍弃。

我是你的关照，你是我完整的美。

伤口为你我敞开。

一个人的秋天

龙神溪，满山坡最后的花朵全部盛开。

我也开放。

眼睛是白云，耳朵是飞鸟，嘴巴是蜜蜂，鼻子是橘子，头颅是蓝天，身体是流水。

一齐歌唱。

秋天，只盛开于我的身体里。

一个故乡的代名词，我常常在秋天的风中，被你替代。

这挂满枝头的秋天，结金黄的孤独。秋风，一遍遍梳理这火热、这茂盛、这心结。像要将我整个心思梳理成一个空旷、辽远的模样。

我就在这接近荒芜的神性中，长成芜杂的灌木。我又在这风的波浪里，被一层层打开隐忍、柔软、缠绵、纯净的颜色。

我摘取这秋天的苍茫与沧桑，洗涤尘世烙上的创伤。

一瞬，即一世。

风，贴着肉身吹拂。

低微，我的双脚蹚过这完整的溪水。

在众人欢呼的季节里，我属于这秋天的一隅。

我在一个人的秋天完成洗礼之仪，然后坦荡地目视凋零。

一个人的秋天，众神的隐喻。

（选自《核桃源》，2014 年第 3 期）

张　平

张平(1968—　),福建邵武人。出版诗集《遥想》《在低处》。

月光鸟

今夜的月光很美丽,我想用盛水的瓦罐盛下,用掌心慢慢掬起。

那条河也从未这样弯曲,那艘船也是,惜惜相依。万物串联在一起了。

一松开,也是掌心的月光如水。鱼儿没有游远,

总是在荡漾里荡了一圈,又回到春天。

钉子没有咬破花果。

我秘密地盯着。

今夜的月光真的很美丽,有多少人从前朝走过,也是美的,

也都是轻沙流云。

也都是鸟儿的歌唱,月光,就是一只只鸟啊! 多想将它系于胸前,成为一枚枚细扣,一打开,就是月光如水满地。鸟语缤纷……

今夜的月光真的很美丽,我有一片麦田,一间安生的屋子。

幻:萤火虫

没有人去歌唱它,它就驶来了,带着夏天来,光来。

一片菜地就有光了,我站在黄昏的路口,黄昏越来越暗,我看到暗中的锄头,暗中捏着光的母亲,母亲劳作归来了,光来了。锄头轻巧了,我接着跟踪的光,照亮田垦小路的光。

我的掌心也有光亮,在院子里奔跑,我追逐,抓住它的小小的身体,抓在掌心,掌心就是光的世界了。

我也埋头在光中,与几个小伙伴,在瓦屋旁的草丛,蒿草已长得高大,而它在飞舞,蒿草摘走灯盏,我埋伏其中,埋伏在光中。我被发现了,也是被光照彻的,没有人窥见其中的绝密,他们提着它的灯笼,掌心握着光。

没有人去歌唱它,我就在瓶子里养它,像要驯养一头小兽。一头小兽的安宁是世界的安宁,是一个偏僻的村庄鼓荡之后的安宁,我用一头小兽的光去照亮文字,在课本密密麻麻的文字上去追寻,在笔尖下,一头小兽的光流淌着。

我就这样接受着小兽的恩宠与爱,当我放飞瓶子里的光,是怎样一个多彩的夏天。

没有人歌唱它,一个村庄和它都像是在梦中生长。

我把掌心打开,常常是空茫,光呢?在田垦的小路,在暗中,我握住锄头,因为没有跟踪的光,母亲也失踪了。

母亲呢?我忽然发觉一头小兽背离的单薄,我的瓶子的碎片——光的碎片。

(选自《一条河流的23种走向》,华龄出版社,2017年)

王静远

王静远(1968—　),原名王吉臣,内蒙古扎兰屯人。著有诗集《岁月的风声》《回到心灵的路有多远》,散文集《独轩居笔记》等。

最后一枚落叶(节选)

一

风,肆意而又妄为的手,终于安静下来。被风雨揉皱的大地那张倦怠的脸,呈现出更加静美的容颜。

我徘徊在一条小巷里,到处都是落叶匍匐的身影,那遍地色彩斑斓的色彩是色彩斑斓的憧憬。

这一地的落叶呵,是折断翅膀的鸟吗?

二

天高了。云淡了。风也静了。

仅仅是一湾瘦水,此刻也清澈纯净了。

倘若逝去的岁月是一部厚重的书,那么在那时光翻动的日子里,一枚枚落叶就是夹掖在流逝的时光里的书签。

曾深邃的思想和文字，在现实面前多么肤浅。

人有时只能改变自己，而改变不了接踵而至、猝不及防的一些事物：就像关闭的门窗，怎能阻挡窗外那个秋呢？

八

梦开始的地方，就是春天开始的地方。

打开胸怀，撞入满怀的都是绿了。风的纤纤细手只是在柳枝的弦上轻轻地一弹拨，春天就开始了。

小风疏雨的日子里，到处都是淌满绿的声音。

我知道这一切都是化为泥土的落叶，在春天里的一扬手，便将这满世界的绿撒进了我的视线里。

九

一只小鸟，衔着一枚落叶在风中忽高忽低地飞，是不是它要乘着落叶的翅膀回家？

风声一阵紧似一阵，可是一只小鸟在风中坚持，哪怕是静止的飞翔。小鸟的家在哪里，是一处屋檐下，还是一株树的枝杈上？

有爱，就有回家的路。

落叶，是否也要归根。

十一

秋的边缘已是冬了。

不管树上一枝一杈上的叶片，还是已经落下来的叶子，在骤起的风中依然窸窸窣窣地唱着一首歌。一首生命的大合唱。

这首歌一直持续到我梦醒来的那个黎明。阳光依然明媚。

落叶纷纷。我看到最后的一枚落叶，在我途经的水面上漂成了船的姿势……

（选自《北方文学》，2005 年第 3 期）

安　琪

安琪（1969—　），女，本名黄江嫔，福建漳州人，现居北京。著有诗集《奔跑的栅栏》及随笔集《女性主义者笔记》。

春天的迷狂

春天对我而言总是与迷狂和零乱交织在一起的。

街上匆匆的人流在变暖，夹杂其间的红黄蓝和日渐变薄的风一改寒冬的阴冷色调。我甚至听到了每个人渐渐复苏的心在嘶嘶作响。这个时候，我爱骑着单车懒洋洋地穿行在城市的大街小巷，脑中掩盖不住兴奋过度的麻木。我通常在这样的夜晚胡思乱想：我爱春天的夜晚，桃花灿烂，所有疯狂的细胞也在跃跃欲试凸现着生存的迷梦。这仿佛是诗写诗想的绝好时机：春天，春天，水仙怒放，时间的流程变得迅速而可爱。

（选自《海峡都市报》，2001 年 1 月 17 日）

陈旭明

陈旭明(1969—),湖南桃江县人,现居益阳。著有散文诗集《以诗说明》。

梨花已遥远

再一次说起梨花,我照样捧不回那个春天。

那么多的白。那么多的重叠。那么多的欢快。像春天提着裙子。我把一朵枝繁叶茂的日子簪在你的发丝间,时光轻轻摇曳,你小小的舞步葱茏,有涉世未深的纯。

一朵花,就这样把黑暗剥开。

我没有理由让寂寞高过三尺。花开似雪,宛若浮生如海,这来自天堂的白,粉碎胭脂的天空。走近花,我触摸到时光温暖的指痕。

时间之外,有花如玉。

种植光明,以灵魂为背景。

梨花已遥远。我站在故事外倾听经年的芬芳。我深信这与生俱来的白,具备蝴蝶的潜质、钟声的皮肤,但我能否摆脱记忆的引力，泅泳往事？

梨花，一朵朵落下来。仿佛灵魂再一次飞翔。

更像把春天关掉。

你，曾开在最好的时辰。

岸之南

那支火把弯过九曲大道，是什么打开了夜？水，无波流动，一轮月飞来，有棱，有角，削疼我的沉默。

空旷的风声留在千年远滩，星光从鱼尾跃起。月亮很小。孤独很薄。寂静俯拾即是。

有鸟飞远。有鱼游远。有菊飘远。

船歌握在手中，谁家渔火还在天空飞翔？船过后水平如镜，一支长篙已走遍千里。

岸之南，我依山静坐，芦苇毗邻想象。鹭鸶的斜影，像风吹花落。季节浅了，河比一本书城府还深。

一些风惊起我一生的伤痛。

岸之南，这些流水短暂如美，这个夜晚漫长如爱。低处，河仍在追随帆影，走向它该去的地方，仿佛时光行走在我的灵魂里。

只剩一滴水，我同样清澈。

（选自散文诗集《以诗说明》）

蒲素平

蒲素平(1969—),笔名阿平,河北石家庄人。著有诗集《大风吹动的钢铁》《唐诗的另一种写法》。

一张旧椅子

一张旧椅子,没人坐过,凉了。上面什么也没有,一片落叶也没有。

我一直站在远处,等。也许你来过,我突然有些固执地感动。

一张旧椅子,一个熟悉的脚步声,风来了,雨来了,春天来了,秋天来了,夕阳和夜莺来了。

一张旧椅子,斑驳的衣服,固执的表情,热了,又凉了,鸟叫了,在我压低身子谛听时,鸟又飞走了。

我在日暮处,翻动厚厚的书籍,不时向椅子的方向张望。一片叶子终于得到要领,从树上飘下,又飘起,仿佛旧日子里的一支歌。

时光里,速度应该省略,人来人往应该省略。

一张旧椅子,四周鲜花烂漫。

一切都不必说了,该来的早已消失,没来的,只是等待。

(选自《2016 年中国魂·散文诗选》)

萧　然

萧然(1969—　),本名茅林洪,福建仙游人。著有诗集《静夜无痕》《不是去向是归途》。

不是去向,是归途

空山不见人。

一群鸟声,在树枝之手,跳上,跳下。再突然安静下,静一段音乐的休止,静一条延伸落叶的小路,让一个不留影子的魂灵走过。

突然就想起一句凄美的诗:在清晨的微光中,骸骨的世界里,会不会有风?

泥土下面的骸骨,是半梦半醒的莲。从稍开即闭的花瓣中,升起一个魂灵,不着一点行装就回家。不管从哪个方向来,都请清晨的鸟声暂时停歇,静一条小路,让魂灵经过。

每一朵花,都是泥土变的。地下的莲,睡得太深了,就凋谢成泥,再醒来时,又是一棵破土的植物,结蕾开花。

看见花朵的人,都可以猜想一个迷离的故事。

一片森林,隔开灵界和生界。灵界的路没有尽头,灵界的谜没有谜底。所以就叫天涯。而回首即是归途。

我只是偶尔闯入森林迷途的孩子。只听鸟声,只采蘑菇。只踏草茵。

只随手折两枝红叶。

一枝插临窗的花瓶，夜夜染月亮的舞纱。

一枝插入心间，让它慢慢返青。

弦外之音

人比菊淡。那人是菊花的主人。

在雪地，随手插三排篱笆。一排让风从缝隙间经过，小成一声叹息。一排涂抹冬天薄如蝉翼的阳光。一排再把心情插得高一枝，低一枝。无序即是和谐，即是宁静。

柴扉只为月光虚掩。

不养一颗鸟声。只随意收留一群小小的野花，画在雪地上守门。

没有任何障碍，却是遥远的隔绝。

谁可以踏雪无痕，谁可以使野花让路，谁终于听清了篱笆的乐曲，谁就可以和月光一起，来推虚掩的门。

两张竹椅，可以随意选坐一边。两只青瓷酒杯，一半斟多年的等候，一半斟惊喜。

四目无语。你一个微笑，就含了此前五百年，我一个微笑，含了此后五百年。

一千年，铁树开花，那叫悲壮！

一千年，沉默不语，那叫智慧！

居住柴门之内的人，不是神。是高贵到最平凡的人。

离开画面，大雪就白到了天涯海角。

（选自《诗潮》，2016 年第 10 期）

王宏雷

王宏雷（1969— ），山东高青人，现居河南濮阳。著有散文诗集《像音乐一样活着》。

红 叶

大梦初醒。

摇曳在深秋里的那片叶子，终于露出了怀揣一生的红。

它自己的红。与生俱来的红。只因绿色的掩盖，而素未谋面的红。这最后的初见。

恰似一朵花开得无名与必然。

蔓延。从叶的尖、叶的边缘，向着叶柄，向着当初，掠过辽阔的叶面，逆向燃烧。烧尽一身苍翠的追忆。那么多故事的细腻。

蜕。

万类霜天里，宛如一次蝉变、一次化蝶、一次芙蓉出水、一次穿越尘世的沐浴。

穿越浩浩云山，淬火般弹指一生。

时间，无所谓长短。亦如苦痛，无所谓深浅。

亦如光，无所谓明暗。

唯有枝头，惜缘。霜寒露重，不舍不弃。

该说句，谢谢了。一段尘缘。秋，越深。意，越浓。红底金丝。

一个红，万千个红，在万籁俱寂的枝头，

凌空，涅槃。

（选自《奔流》，2016 年第 10 期）

阿　垅

阿垅(1970—　),本名王卫东,甘肃甘南人。作品散见于《诗刊》《上海文学》《文学界》等。

麝　香

我们是如此迷恋深秋。
落叶又把林间的小路加厚了一层。

不说相爱的感觉,不说一路回应的鸟鸣。
也不必追问春风、雨露和蜜糖的去向。
在温水泉边,我们度过了被誉为珍珠婚的纪念日。

粉色浴巾裹身的你,半掩不再平坦的腹部,那色泽暗沉的肚脐,多像一枚陷落雪中的花蕊。

你不说,我也深知,那是生命起始的地方,以枯萎、以羞涩、以柔弱,含着人间浓烈的麝香。

品　兰

清:从气,到韵、到色、到神,自叶片上悬而未落。

变得懒散和笨拙，蜗居冬天的那个人，在第三个月开始关心外面的事。

都在坐下来吧——

一首很旧的诗，朋友发来的短信。

拍落灰尘的书籍，裹着寒冷从街面花店抱回的一株玉兰，倚在窗前的衣裙整洁典雅，夕阳的一点暗红，含着在微垂的眉目间，轻吐那份半掩起来的气息，带着迷醉和睿智，容不得半点轻浮和猥亵。

（选自《星星·散文诗》，2016年第4期）

陈茂慧

陈茂慧(1970—),女,四川人,现居济南。著有散文诗集《荼蘼到彼岸》等多部。

之后——

不胜枚举的精装书呈现在我的面前,它们热烈,温良敦厚,神采奕奕,允许我予取予求。

而我只能选取一本。今夜,我爱得太多,怕它们不堪重爱!

在淮南焦岗湖,我爱上一朵莲,之后爱上六万亩莲。

六万亩莲,长满了飞翔的翅膀。它们托动魂魄跨远山,偎流水,谱一曲淮河梦幻曲。

我的爱被分化。被传播。被收藏。被分享。

大明湖畔:四面荷花三面柳。荷,有荷的庄重、圣洁,柳有柳的委婉、多情。我难以取舍。

于是,爱大明湖的荷,爱湖畔的垂柳。也爱淮南的莲。

之后,泛舟于明湖,寄深情于湖水的微澜。

湖水深沉,偶有凉风习习,鱼跃于湖面。

有人说:“旧爱死于新欢!”

可是，明湖之荷与淮南之莲，哪一个更像新欢？哪一个是你的旧爱？

雨水敲打荷叶，谁的誓言如此圆滑而又如此露骨？

一茎隐沧桑，举明媚。

爱过，之后——

还要爱。

既爱六万亩中的某一朵，也爱六万亩中的朵朵。

我一生只读一本书。页页精彩，句句箴言。

封面、插图、封底，各倾所爱……

（选自《盐诗刊》创刊号）

紫藤藤

紫藤藤厌倦了开花、结籽，厌倦了招蜂引蝶，它只用紫气熏染自己的根、灵魂。那些旁逸斜出的张扬已不属于它。

面对流水，紫藤藤独自舞清影。阳光的翅膀一张一翕，便有风来风去，便有游云仓皇失措。

鸟的鸣唱如此遥远，灰暗的气流在山峦间缠绕。

伟岸的树，瘦骨嶙峋的树，折断翅膀的树，满怀理想与山峦一比高下的树，虚浮的树，消沉的树，它们站在山峦的肩头，任雷霆万顷，任恶风阵阵。

青草荣枯，星子坠落凡间，尖锐的啸叫声穿透迷雾，在树的枝干上燃起熊熊烈火。

紫藤藤，与树的距离近在咫尺，不依附，不攀缘。自己抱紧自己。

抱紧自己便成就自己的江山和王朝。

烈焰。热血。激情的时代。

一根紫藤藤，一片江山；一捆紫藤藤，十万江山；遍地紫藤藤，遍地丰沃、美丽、富足。

谁在举着花香靠近，以深情自许？

（选自《中国诗人》，2014 年第 2 卷）

张孝杰

张孝杰(1970—2017),河南通许人。出版诗集《钟声的颜料》《雪马》等4部。

天　籁

布谷鸟啼叫,早晨的清辉滴落。

野草上,晶莹的露珠,喜鹊们啄食它的甜,泪花中我的爱。

成堆的热气骚动,云朵邀心翱翔,飞跃天空、树林和牧场,我栖息在美的形状、色彩和运动中。

从现在开始,我要涉过沾满露水的尘埃,抵达天堂,寻找智慧的泉水。

我要借用云雀的双翼,匹配美和幸福。

我要抓住昼光,不让时间空荡荡地流逝,伸出手指,迅疾如同闪电。

忍　受

忍受你幻影的冲击:心潮之上千帆竞发,冲断泊定的缆绳,这是骨头之旅。

向下驶入肌体的毁灭，我不会，放弃拥抱，放弃海潮般的挣扎。

爱，像一团火穿越狂飙。

我在亚当绿色的摇篮里放满玫瑰！

风　景

秋风替我们说话，不经意间，阳光，零星地白了发梢。

下午，我和散文诗人空间骑自行车绕护城河溜达。垂柳守护一对对恋人，舌尖上的窃窃私语，惊飞，闲逛的麻雀，在河道上穿梭。

河宽十米，隔开一段岁月，皱纹笑了笑，重新回到自行车咣当咣当的牵引。

手机彩铃响了，升起很久一段。空间和一位外省诗人的对话。沿途的蒿草、白菜、紫荆树，路人的喧嚣，晃一下它们的宽恕。

手机里茂盛着空间的花园和苹果。

黯淡的车轮，险些把一个醉汉撞醒。

手工的月亮显出云中的神圣，黑暗，窜动月光里的风。

我说："回家吧，我们还要去华联超市买一些米。"

（选自《大沽河》，2012 年第 3 期）

大　卫

大卫（1970—　），本名魏峰，江苏睢宁人，现居北京。著有随笔集《魏晋风流》，诗集《内心剧场》等。

雨

雨后的玉米地，静极。

那些雨珠儿，经不住风吹，在叶子上滚来滚去，像水晶做的孩子。

我抱着胳膊站在路上，在玉米地的身边，卧着一条小河。岸伸出它修长的双臂，把潺潺流水抱在怀里……河水也把鱼儿抱住，就像抱住五世单传的孩子。

在这个还有些泥腥味儿的午后，所谓寂静，就是只要我不大口地喘气，别人就不会发出一声叹息。

犹如整个玉米地抱不住一句蛙鸣，这辈子我可能抱不住一个背影。

捧

常常一个人站在窗前发呆，目光若有若无，迷离得很，远处的那一棵树累歪了身子，也没有捧住一片云彩。

乱翻闲书的时候，最有可能把我目光捧住的，竟是那些光滑或者粗糙的纸页。

感觉到自己是一个句子，不止一次地出现过这样那样的错别字，但并没有被大地这张纸嫌弃，而是被她日复一日地捧在了怀里。

忘不了母亲一口一口地喂我饭的日子，想起一句诗：青草把牛犊的嘴唇捧起。

在许多个夜晚，推开窗户都会发现，那些没有熄掉的灯盏，亮成了一个个张开的手掌，正是它们把无边的寂寞捧起，那些浓得化不开的夜，最后没有坍塌下来。

（选自《作家报》，2011 年 7 月 30 日）

梦天岚

梦天岚(1970—)，湖南邵东人，现居湖南长沙。著有散文集《屋檐三境》，散文诗集《比月色更美》，中短篇小说集《单边楼》。

沉香(节选)

一

千年抑或万年，都不曾遥远。因为香还在，于木纹的紧致里，被一棵深埋于地底的树死死抱住。万千幽魂不再居无定所，它们收敛起对旷野的浪荡之心，在一棵树里安顿下来。那里有无数条属于它们的秘密小径，以及窄小的院落和鲜为人知的后花园。它们衣袂飘飘，作诗，弹琴，忘我地嬉戏、追逐，偶尔也会静下来，沉溺于冥想，抑或轻叹一声。实在是惹人怜爱。

它们不关心外面的事，亦不知今夕为何夕，甚至不用担心自己会老去，属于人类的想象也不能触及它们。你不知道这有多好。

这琥珀，这被囚的活体，并不透明。

去处的幽深和昏暗原本只适合于逝者和永恒，却被生的精灵所占据。由此看来，死是不足道的，这世间的繁华和灾难都是不足道的。一切都在时光遗忘的地方重现，它们采撷的青草和月华已被封存，如同陈酿。一切关于清风的记忆都无须再提，要相信，终有一日火会开口言说。火，这旷野中的劫匪和暴君终会面壁思过，或参透禅机，修成正果，继而示之以暗红，明灭于枝头。

三

所有的燃烧，当娓娓道来。

还要相信这久违的天光，相信手，相信用于雕刻的刀具。清风的奇遇也就此开始。在不停游走的线条里，幻象渐渐显露端倪：半亩池塘，荷叶田田，晨露滚动，其颤巍巍，倚窗之人，总以团扇遮面；弥勒佛的笑脸总有深意，看似坦荡无碍，却又无从揣测；垂钓的老叟故作愁颜，波澜不惊的湖水里，有他喂养的鱼群……一棵树的内心从此变得千姿百态，被塑形，被抚摸，被搬动，被展示。清风执意要带走它们，它们衣袂飘飘，被嗅知，通了谁的心窍。院落和后花园将不复存在，它们也不再作诗，弹琴。化为缕缕青烟，或者趁着夜色出逃，那些虚掩的门会按捺住作为见证者的心跳。

它们用一去不返的神游，去会晤月色下的魂灵，被哄骗，被带走，从此踪迹杳无。

怀抱骨灰的香炉因此寂寞难耐。绿铜也因之斑驳，蚀了铭文。

五

所有高雅的事物莫不如是，总是让金钱变得轻浮；所有高雅的心莫不如是，总是能感知隔世的知音。

清扫。沐浴。更衣。不只是代表某种仪式，因为心在腾空那些残破的蛛网和断垣，要让月光和古琴进来。那里有起伏的山峦，也有一马平川；有寻常巷陌，也有庭院深深；有金戈铁马，也有歌舞升平。被席卷，被劫持，被裹挟，然后沉寂下来，包括那些扬起的灰尘。空谷中月华如水，不汹涌，只是兀自颤动，如那古琴弹奏过后的余音。另一种水在空中流淌，有着漂亮的弧线，然后散开，不渲染，只是在千回百转中通往不为人知的秘境。

嗅，或许比倾听更幽深。

（选自《星星·散文诗》，2014年第1期）

蒋戈天

蒋戈天(1975—),河南商城人。著有散文诗集《石头开花》(合集)。

空椅子

虚位以待,其实充满意义。

清寂,空辽,遮蔽不了内心那朵火焰。此刻,在皱纹斑驳的时间面前,哪怕一抹孑然的身影,或一副单纯的表情,都是对它的知遇、丰富和完满。

梦中的那一次邂逅如春光乍现,一场为之心动的期许还将绵延无期。

苦守分分秒秒,如暗夜里拭目以待的枝叶,正在慢慢葳蕤成苍莽的大树。呕心,沥血,自我疗伤。

一切等待都大于时间。

灯前,抚念莲蕊中的前世;子夜,顿悟幽谷中的今生。春花,秋月,拧亮百叶窗里发芽的时光;秋霜,冬雪,冰释无边寂静中汹涌的疼痛。

沐手焚香,心似一座梵音袅袅的空城;闭目入定,世界是雪山之巅的一朵青云。

粒粒念珠,细数着滴滴沙漏。清风,以象形文字,抚慰着露珠和闪电中停泊的小小心魄。

瘦削的日子，像莹白的蚕丝，缠绕着琥珀一般的灵犀。澄澈的眼神，经过薄露轻风的洗滤，不沾染一丝尘埃。

梦里念及，擦肩而过。心中常在，碧荷田田。

苦瓜的胆汁沁入血脉，渗进骨头，分化为蜜；怀抱火轮，紧握木杖，抗衡岁月剪不断的纠结、愤恨和愁肠。

就这样，手执经卷，明月入心，万物如来，苦修为禅。

空以为道，即是圆满。

（选自《中国魂·散文诗》，2016 年第 6 期）

可　风

可风(1970—　),本名李彦兵,河北安平人。著有散文诗集《风,或者黑》,诗集《自言自语》。

下午茶

那是一个午后,时间很重要,不可提前,也不能延后。

茶也必不可少,红茶、绿茶、花茶、黑茶,等等,只要喝得惯,不涩,不敏感,不刺激,就可以了。

人员不能太多,三个,最多五个,再多了,水就断了,就很长时间烧不开,就会烦躁,聊天就会有一搭没一搭的,就会散漫,慵懒。

下午茶,不是谈工作,而是休闲。

像钓鱼。

心安静下来,整个下午的色彩,变得暖,变得写意,一切仿佛都在幸福和甜蜜之中了。

隐形人

你看不到我,我就在你身边。我的气息,我的肉体,我的灵魂。

我能看到你。

你在做，做什么，都将回到最初的原形。我没有左右你，即使你在祈祷，你在念念有词，你说的我听得很清楚。

我没有伸出手。我也不能笑，更不能恨。

就像我在你的梦里一样。

（以上选自《大沽河》，2017 年第 1 期）

空　山

空山，空空。

海水漫上来，空山看不出年轮。

我在山底，仰望，鹰在盘旋，它冷静，纠缠，却不知自己就在天堂。

我在山顶，俯视，鹰仍在盘旋，它凶猛，直接，却不知自己已经接近了地狱。

风在转，没有出路。

空山，忘了时间，只是一堆无辜的石头。

（选自《核桃源》，2017 年第 5 期）

青　槐

青槐（1970—　），本名袁青怀，湖南新化人，现居天津。作品散见于《人民日报》《诗潮》《青年作家》等。

蚊　子

三界无安，犹如火宅。何时，才能放下吃肉的心？

一出生，我就深陷污水，残枝，腐叶，遗臭……当然，也有野花偶尔的倒影。美就在身边，却不是我的风景。

远处，有歌舞升平……

不愤世，不嫉俗。从卑贱中来，不是所有的飞翔都有一个崇高的理想。我只想说，饥饿深处，最温柔的嘴唇也会长出刀枪。

存在，自有本心。一颗纯洁的灵魂投胎于腐朽，睁眼的一瞬间我便看出，滚滚红尘只是一滴污浊的水。善与恶随波荡漾，走不出一圈水纹。

万物有灵，众生普度。吃草与吃肉，原本就是同一种身份。

嗜血，只取一口，不损骨，亦不伤筋。甚至，不打扰你做梦。

红尘中你我相遇，本就是应该发生的。正如我吸你的一滴血，你把我度成一摊泥。这都是无嗔的事，为何要说：用我的血，证你的罪?

度魔先度己。我知道入世即修行。

生活就是行走在有罪的路上,无边风月只是火的道场。你看那腐朽与荣光媾和,虚假与真实交融,无数人在用舌头吐蜜,用心肠杀生。

随心,随性,何必放下吃肉的心。

(选自《酉水》)

水　湄

水湄(1970—　),女,本名鲜红蕊,四川什邡人。著有诗集《遗落在风中的岁月》。

玉兰花树下

美如霜迹。
月辉轻泻树下。
树的天空,住着白雪一家。
树下的女子,如梦,如一个小小的宇宙。
此刻,风正吹过她。
春天赶来,走到身边喊出她的名字,推了她一下。

(选自《核桃源》,2015 年第 3 期)

黄土窑

一口窑洞,就是一垒黄土的意志和基因。
就是大地的心跳,在高原,随处可见。
高原上正大兴土木。
山高,星稀,月色弯曲,望着灯火处一座座高楼,有的拔地而起，有的在脚手架上修筑，你如一双双眼睛，一孔孔排箫，从柳丝里穿过，在时光里吹奏。

风云、荒火、黄土在你身体里豢养了厚重、盐粒和钙质，你的高处、低处、明处、暗处，让猎猎如箭的西北风一遍遍朗读。

最高的山峰以上，一群大雁逆风而行，有哑默的气息。

风凛冽。我的纸上有着你隐隐的鼾声，成为西北高原最原始的情绪。

一只眼睛观世，一只眼睛察己。眺望或者目送。

窑洞，仅仅是一个符号吗？安静地悬挂成古铜色的遗址，像走在历史云端的事物。

（选自《大沽河》，2017 年第 1 期）

唐　力

唐力（1970—　），重庆大足人。著有诗集《大地之弦》《向后飞翔》。

木纹（节选）

一

我俯身于木纹，我相信那是一条河流。

是一条比时光还要古老的河流，如果树木足够老。我用手掌细细抚摸着它。我感到它在我的手掌下有细微的颤动，就像波纹，就像涟漪。我能感觉到它，我甚至能感到细细的波纹之间（那仅仅容纳一个闪电的脸庞的间隙），有花朵开放的声音、花朵呼吸的声音、花朵啜泣的声音、花朵坠落的声音。它们都记录着一棵树的成长，所包含的快乐和忧伤。

木纹是一条河流，是一条记录它自身的河流。

二

我俯身于这些木纹，我看见它们闪着幽暗的光。

这是一条和我的灵魂一样深沉的河流。我的脸映入了木纹之中，你是看不见的。但我能看清我自己的脸孔，我要在木纹之中看清我自己。我清楚，我的脸其实就是木纹，像揉皱了一样的木纹，像打乱了的木纹。我知道，我的面孔映在木纹之中，也像一个波浪的涟漪。相对于木头，我是木匠。我劈、砍、削、推，让一块木头变形。让它的身体在我的手中改变，但我却不能改变木纹，我唯一能做的，仅仅是可以分开它们，就像分开河流，但河流依然是河流、木纹依然是木纹。

四

我俯身于木纹，我知道，这是一条河流，一条与灵魂一样深沉的河流。这一条河流中，敲锣的人、送葬的人、种菜的人、打稻的人、读书的人，他们的身影，在木纹中时隐时现。

我俯身于木纹，我感受着它，我观察着它，长久地注视，我知道有一天，我也会一头栽倒在里面，融入其中。

木纹是一条深沉的河流。

（选自《四川文学》，2017 年第 5 期）

欲　凝

欲凝(1970—　),本名尹玉宁。辽宁凤城人。著有诗集《风声起时》。

伪达达

我希望我是裸着的。

在如此湛蓝的天空和如此轻柔的白云下面,像一块水晶或者一块玉石。

但我的躯体被服饰遮掩着,

我的眼睛被忧郁遮掩着,

我的心灵被记忆和欲望遮掩着。

我在蹒跚中艰难地走向生命中最后的门扉,怀着我在人世间所有伤心或者喜悦的记忆。

而在通过这扇门扉以前,我仍然希望我是裸着的。

在可以裸着的阳光下,

在可以裸着的歌谣里,

像一块水晶,或者一块玉石。

(选自《核桃源》,2017 年第 5 期)

一只看不见的鸟飞过夜空

深夜，我走出屋子，星星在我的头顶眨着眼睛，像遥远的问候。

深夜，我在星空下突然听到了鸟鸣，这一种悠长的鸣叫，尖锐、凄厉而孤独，以至于让我怀疑自己是否幻听，与刚刚读过的现代派又一次相逢。

但鸟鸣声连续不断地响起，连接成一条飞行的轨迹。我感觉到了，这是从陆地飞向海洋的轨迹。

我努力想从夜空中寻找这只鸟的影子，而我看到的，仍是那些眨着眼睛的星星，像刚刚做了一个奇怪的梦。

我想，一定有些什么，在激励着这只孤独的鸟，在夜空一边鸣叫表达自己的心绪，一边穿越黑夜带来的巨大恐惧，向不远处的大海飞行。

（选自《散文诗评品录》，华艺出版社，2008 年）

张道发

张道发（1970— ），安徽肥东人。著有散文诗集《风吹哪页读哪页》《乡村如此寂静》。

鸟 影

鸟雀站在树上，鸟影就也叶阴似的筛在地下，小小湿润的一块，看不出和叶子有什么区别。

鸟雀噗的一声飞起，一片叶子跟着飞翔。鸟影留在地上的湿印，很快被太阳烘干，空气中仍能嗅到鸟的气息。

鸟的气息就是叶子的气息，青汪汪的。

秋天过后，叶子落光了，乡村土墙上到处能看见鸟影，叶子似的晃来晃去，给寂静的大地平添了活力。

一片鸟影越过窗口和大片瓦顶，来不及细看，便风一样闪过。

随后，传出几声鸟鸣，是不是刚才飞过的那只？

鸟影紧快，时光一般，没人能捉得住。

（选自散文诗集《晚夏》）

小鱼儿游过微漾的牛背

暮色重了，河边的女人牵一条长长的麻绳，河里只有一个牛头露在外面。

牛眼里有归鸟的影子掠过，脊背上方的水波一起一伏，不时有小鱼儿游过微漾的牛背。

偶尔，女人挣直手中的麻绳，水牛懒懒地待在水中不愿起身。牛鼻子很硬，麻绳上的水珠一溜溜滴落下来，一阵水响。

小鱼儿雀跃着银白的身子，水里的牛不动声色，水面上盘旋的牛蝇也急了。

第一颗晚星落在荷叶上，水牛才缓慢地跟在女人后面，细数小路上的野花和虫声，走回村庄去。月亮骑在牛背上。

路两边的玉米叶很快将两个身影遮去，迟疑的牛蹄踢踢踏踏走在土路上。

（选自散文诗集《乡村如此寂静》，作家出版社，2016 年）

刘　奎

刘奎(1970—　),甘肃天祝人。作品散见于《星星·散文诗》《中国诗歌》《山东文学》等。

秋季牧场

风轻。叶瘦。

青草的乳液被一夜秋风抽干,

只剩下圈滩里的黑石头,在时光里缓慢老去。

一座孤零零的寺院,在山坡上,

轻声诵经,超度一朵刚刚凋谢的野花。

一群羊,相互搀扶着,踩着自己荒凉的影子,寻找故乡。

身后的牧羊女人,发髻上挂着的一朵闲云,和额头的头发一样洁白。

迎面碰到一头披着白雪的牦牛,面容清瘦,

左边驮着寂寞的日子,右边驮着生锈的爱情,

慢慢啃掉山坡上越来越瘦的夕阳……

这样的时候,只适合思念生长

云层很低、很黑。

黄昏弯腰捡拾一片凋落的夕阳。
时光一遍一遍敲打一片落叶的骨髓……
这样的时候,万物静默,只适合思念生长。

我就端坐在窗前,一杯清茶,两盏淡酒,
半首离开故乡的诗歌,和我一起想起刚刚外出求学的女儿。
一片路过窗外的月光,驻足回望了一眼,
桌子上消瘦的词语和我刚刚吐出的烟圈,
转身躲进唐朝的诗歌里去了……

只有三两声零乱的鸟鸣,和缓缓落下的晚霜,
正一滴一滴,渗进我愈来愈浓的思念。

秋　日

一片树叶,单薄的身体,在一场迟来的秋风中,
打了一个趔趄,落在一条小路的出口。

小路的另一头,牧人东柱正领着年迈的羊群,
在山坡,啃食红兮兮的太阳,和越来越瘦的炊烟。

(选自《大沽河》,2016 年第 1 期)

包　苞

包苞（1971—　），本名马包强，甘肃礼县人。著有诗集《有一只鸟的名字叫火》《低处的光阴》等5部。

寒夜向火

寒夜向火，是人生的一大福分。炉火烧到一定火候，炉盖就会变得通透起来。似乎那炉中的火，要透过厚浊的铁，渗出来一样。浸透了火的铁，多像一枚荷花的瓣儿，粉嘟嘟的红，从中央向边上渐渐延伸，就像是一个美丽的梦，也像是一个烫人的吻。寒夜里，围着它，整个夜晚都会因此而温暖。

如果这是在乡下；

如果外面肆虐的风中卷着纷纷扬扬的雪；

如果你用肥沃的夜依然种植着一粒执着的油灯；

如果油灯的光芒唤醒了粗盆旧碗的心跳；

如果这粗盆旧碗破桌残椅的心跳都应和着炉盖上的罐罐茶，那么，一定会有三五个沉默的人，在陪你怀旧了，否则，这夜的温馨和静谧就显得浪费。

寒夜向火，有人陪着就足够了，说什么已经无关紧要。一生当中，会有多少剔除功利的交谈呢？一杯滚烫的清茶，被粗淡的茶碗托着，从一个嘴唇到另一个嘴唇，这何尝不是灵魂的会晤呢？

如果我们都放弃了语言与喧嚣，那屋外落雪的簌簌声应和着炉火旁对茶汁贪婪的滋滋吸吮，又何尝不是心的天籁呢？

就这样坐着，把寒冷坐暖；

就这样坐着，把孤独坐成幸福。

其实，寒夜向火，又是一件高贵奢侈的事情。一年之中，我们又有几个这样的夜晚，去到遥远的乡下，陪我们年迈的亲人呢？

炉火一阵比一阵旺，深情注视着我们的亲人，已经在热炕上发出了均匀的鼾声，我想，今夜，他们的梦一定是幸福的。

（选自《甘肃日报》，2010 年 7 月 5 日）

卜寸丹

卜寸丹(1971—),女,湖南益阳人。著有散文诗集《物事》。

时光简史(节选)

二

(雨水。黄经 330 度。桃始华,鸧鹒,鹰化为鸠。)

生长,那么短促,又那么漫长。

像一场爱。

我看着春天的光束打开,又远远地透过窗棂,投在我小小的身上。我看着黑夜来临,黑暗骤然笼罩着屋前的桃树、池塘、小路,笼罩了带木栓子的门、红漆桌子、雕花床、我的父亲母亲。

我默不作声。

山那边,鸧鹒鸟的叫声像玉,明澈,苍凉。

四

(春分。黄经 0 度。玄鸟至,雷乃发声,始电。)

我轻易就被春光击中。

燕子黑色的尖长的翅羽浮在天空，大地葱茏，更多的什么被显露或被隐匿。我静静地看着母亲，她的额头光洁，眼底印着燕子花的清香。她的身后，映山红已很肥硕了，一山一山，一坡一坡，一丛一丛，烂烂漫漫，永不生厌。

白天有多长，夜晚就有多长。

有多少光，就有多少暗。

五

（清明。黄经15度。桐始华，田鼠化为鴽，虹始见。）

我必是一株植物，是春天喑哑的部分，潜伏于这些驳杂的声响。我习惯了新生，习惯了腐烂。我看着细雨中的母亲满怀心事，看着禾苗孕穗，白桐花开，那只发情的母猫躲在阴暗的角落，整夜地呻吟。我看到城市被唤作玉陵坡的小巷子里，一个女人，蓦地停下来，朝来路回望。

（选自《散文诗》，2009年第3期）

陈计会

陈计会(1971—),广东阳江人。著有诗集《叩问远方》,散文诗集《岩层灯盏》等。

卵 石

它独坐在阴影里。河水远去,留下它一圈圈不规则的皱纹,犹如时间的斑衣。

当你赤足于清冽的水里,老远就看见那只蚌,被流水雕刻。捡起:灰褐、沉甸、流畅而复杂的线条盘桓着坚硬的质地,裹紧不可言说的岁月。地震,或泥石流,或山洪,你寻不到丝毫的踪迹,却有满目暗示。命运是暗处的手。正如某年某月某日将你推到千里之外的赤水河边。当你弯腰之际,你轻易穿越了亿万时光。

所有的秘密被你紧紧攥在手里,犹如命运。

树 林

它倾向于阴凉,早晨的入口。齐腰高的草遮住小径。古老的鸟鸣与三月的野花,将树罅漏下的阳光装饰得如梦境。

你挟着某种隐秘穿过,那到过或未曾到过的地方。像我此刻手中的笔，它伸向诗幽暗的内部。（时间的镜子。我们都是它的反光。）

你喜欢白桦林，它沉睡在你童年的记忆里。来自电影的片段，多年后被你打开的梦境。在你的周围，树木密匝匝地排列着、扩散着，像林中的湖水，将涟漪一圈一圈地推向远处。掠过水面的飞鸟，比时光更快，死在时光的彼岸。

记得小时候我还在湖边捡过那羽毛，雪白的，有蚂蚁在撑船。

（选自《诗刊》，2013 年 3 月）

娜仁琪琪格

娜仁琪琪格(1971—),女,蒙古族,辽宁朝阳人,现居北京。著有诗集《在时光的鳞片上》。

我要回到那朵莲

我已看到了我的那朵莲,我似乎早就知道,我的那朵莲在哪里。多少次梦魂的萦绕,多少次恍惚的出离,我看到那个原我,看着远行的我。

我要到最深的红尘中去。

山高水长。

多少坎坷的路途,我必要经过那些险滩和沼泽,必要走过那些高山与河流,必要披荆斩棘,绕过那些星罗棋布的湖泊。

斩断了我的翅膀,收了我的罗裙,那纷披的纱幔束之高阁。

必要忍受损骨的孤独,这一世我是赴命而来。

我曾哭泣过,以顽固的疾病拒绝健康,以多愁多忧厌倦尘俗。而一个人应该经历的,必须经历;一个人应该担负的,必须担负;一个人应该接纳的,必须欣然接纳。

一个拒绝长大的孩子,必须长大。

就像这万亩荷塘中的莲,她深陷污泥、浊水,生长出欣欣然的幼叶,到荷叶田田,接天莲碧,开出圣洁的花朵,谁又说在幽暗的泥沼中她没疼痛过、挣扎过？

一朵出尘不染的莲，要对抗多少黑暗、多少顽疾？

而她们要——为莲故华、华开莲现、华落莲成。

我终是参悟了佛、菩萨为什么端坐或站立在莲台。

花开见佛，每一朵荷花上都有一尊佛，每一尊佛都在示现说法。

我要回到那朵莲。

（选自《诗歌风赏》，2017 年第 4 卷）

风吹动

风吹动，我听见时间奔跑的音响，急速地旋转带来更年也叫新岁，这仿佛的久远正是切近，恍然而去便是经年。

我能记录或拍摄到的不过是万物苍茫的一瞬。

鸽群再一次飞过举目，我说这个冬天是鱼肚白的天蓝，是钟鼓楼的静默与深谙于世。

（选自《星星·散文诗》，2014 年第 3 期）

缅　怀

“我来时槐花落尽，来不及缅怀。”这句话在心中涌出的时候，时光已是飞逝。

有多少美好在流畅中骤然停顿。那迅速走失的温情、体贴，那些相濡以沫、灵犀相通都去了哪里？依然是那条街道，依然是那些树木，依然是七月的天空，而我们再也无法回到那场槐花雨中。

世界这个巨大的舞台，你愿不愿意都走在其中了，人生就是一场戏接着一场戏，人与人就是走在相遇与失散的途中。那痛彻心扉的别离与决然，卷入滚滚尘烟，而在抬头低首处，往昔还在那里。

时光这条深远的巷道再次迷离了我的双眼。

（选自《星星·散文诗》，2013 年第 11 期）

唐朝晖

唐朝晖(1971—),湖南湘乡人,现居北京。著有《一个人的工厂》《勾引与抗拒》《中国瓷》等。

中国瓷(节选)

三

只有深夜,才能够流出同里小镇的名字。

一滴水,从小镇的这一头,响到那一头。河水延伸着夜的长度,滴下去,开成一朵花。

一滴水,小镇,还有花瓣,荡漾着,微微地含羞展开,芳香体味着小镇的宁静。

晚上十点,手印唤醒柳枝。

滴水的同里,从清脆声里出来,落响零点的秒钟。

一滴水继续清灵地响着、润着同里小镇的沉寂:

百年的青砖白线。

我浸在一滴水的同里。

夜里的一滴水、一朵花,小镇醒来。

沿着她微微的呼吸,走进她的掌心和指尖桥。

五

总会有一个人，涉过冬天的冰川，在大山之间，不为任何目的而停在那里。

总会有一个人，在河边的寺庙里，清扫早晚的落叶，自制的长长扫帚以半圆的方式划过石板，问候庭院里的每一块青砖、每一株小草。重重叠叠的山，守护着寺庙的沉寂，守护着你的前世今生。

总会有一户人家，隐在河边树林里，房屋六七间，树叶枯黄地落满你回家的路。

总会有一个人，坐在船上轻声浅唱，飞鸟惊起的水雾，打湿了你的布衣草鞋。

（选自《通灵者》，北京燕山出版社，2013 年）

香　奴

香奴(1971—　),女,生于内蒙古,现居珠海。著有《佛香》《伶仃岛上》。

私语,或致远(节选)

一

终于等到呼吸里有了凉意,需要郑重地煮好花果茶,暑气全消,温暖才来。

那么久,都是留白,我懂得惜墨如金。更适合慢走,在浅水处,心惊胆战地试探。

三

我得跟你说出第一个寒战、第一枚落叶,人迹渐少的海边,一丝不苟消退的潮水。

再说一些细节。
相见,要恨晚的一次,
对饮,要飞觞醉月的那一场。

祈祷那些修隐的桃花现身，千里与共的婵娟请来杯中轻舞。

再把这些妖艳和明亮一一饮尽。

黑暗，最神秘，我愿意置身其中，那深渊里藏着谜底和被俘获的果实。

（选自《精彩诗报》，2016 第 4 期）

肖任飞

肖任飞(1971—　),女,山东青岛人。作品散见于《星星》《时代文学》《山东文学》等。

兀自清欢

这世上还是盛行群居的热闹。

连桃花、梨花都是挤着嚷着的时候,才入了更多拈花之人的眼。

也有例外。

你去对着一株未开的蔷薇,说说话。风刚好初起,穿过小小的蓓蕾。

你也刚好掩上老去的慌张,眼神也恰恰能够盛下一朵、两朵、三朵的张扬。

却有细嗅蔷薇的安静。猛虎过处,枯叶也会摇曳得更有力量。

坐在花前的人,在等风来。他们,大多能看到风的样子。

也能听到风把时间凝成不同的线条的声音。

然后,慢慢地,夜色就漫上来了。

那些花骨朵，也不惊慌。它们好好地在归鸟声中待着。
那些清越如处子的叫声，再响起的时候，花就开了。

起身离开的时候，肩上清芬簌簌。
想起，该去煮一杯春茶了。

（选自《汉诗世界》）

徐俊国

徐俊国（1971— ），山东平度人，现居上海。著有诗集《鹅塘村》，散文诗集《自然碑》。

大仓桥

有一些鱼路过我，我却叫不上它们的名字。
陌生是好的。互不相识，也互不亏欠。

一颗安静的心，对得起红尘滚滚的生活。
干净的夜风，对得起一条河蜿蜒向前的浑浊。

从桥上看，北斗七星有些陈旧，它正好可以低调。
不璀璨，也不孤单。

月光也有稀薄的时刻，但大仓桥依然明亮，因为它古老。
你看，风吹着有沧桑感的事物，总是那么恭敬。唯有安静，配得上满天星辰。

十二点的田野

卡在睡与醒、暗与亮、死与生之间，我就此爱上了十二点的田野，一切透明起来，一粒萤火虫就能照见肋骨的栅栏。

好不容易才忘掉锄头，坐在三棵高树之间，第一次感到人是如此渺小和孤单。

今夜，谁失眠谁就是我遥远的亲人。

星星够不着天堂，离忧伤仅十厘米。

（选自《诗探索》，2015 年第 7 期）

草馨儿

草馨儿(1971—),女,本名王馥君,湖北丹江口人。著有诗集《山与水的守望》,散文诗集《神秘的武当》等。

柳色青青

风是爱柳的。

总喜欢在二月里梳理旧枝,引来鸟鸣,将满树的芽苞唤醒。还扮成伊人的模样,低眉顺眼的,让人怀恋。

鹅黄,是难以启齿的娇羞;浅绿,是情真意切的表白。不同的颜色,不同的隐喻,总是拿捏得娴熟而又有分寸。

倒是那些野鸭最为淡然,折柳垂钓。柳色青青,水花青青。

聆听一朵栀子花开

花瓣转身,所有的果实集体亮相。只有它,孤傲地绽放,仿佛被遗忘。

即便是遗忘。白,不能逊雪;香,不能输梅。

就算慢,也要在自己的字典里,慢出尊严和高贵。

我听见它对我说,像耳语。尘世,在静寂中更加静寂。

下一个春天把自己唤醒

芦荻以雪弄影。

风是它的心跳，水流是它的琴弦。

再过些时候，所有的语言都将缄默，大片的箭镞插过心头，蜕化的心脏，会遇见更多的寒霜。

琴弦滑过的地方，低沉的曲调，刚好适合打坐。

反复，反反复复……直到，下一个春天把自己唤醒。

（选自《山东文学》，2017 年第 6 期）

王　族

王族(1972—　),甘肃天水人,现居新疆乌鲁木齐。著有诗集《在西北行走》,散文集《藏北的事情》,长篇纪实文学《神山圣域》等。

植物马

我拍下一棵树(它的枝条被修整得像一匹马),请朋友欣赏,他看完后没说什么。我告诉他,现在看不出它像什么,但到了春天,绿色的叶子会让它变成一匹马,它将在山顶努力把头颅伸进天空。

今天,我为它写下一个词:飞翔。它活在这个词中,季节是它的肉身,它站在原地奔跑,影子慢慢放大了天空。

“瞧,它在寒冷的冬天裸露着身子,在酷热的盛夏又会披上厚厚的绿色衣裳。”——述说者的嗓音突然变得沙哑,像月光正漫延向无边的黑暗。而一棵树,却沉浸在幸福中纹丝不动。

我试着揣摩它更深处的意念——它周身洞开,让世界不停地扑空,而它的心踩着风自由地出出、进进。

虚无中的巢

一棵树被冬天的大雪伐倒了,一片虚光在它原来站立的位置闪烁，仿佛是它最后的挣扎或者它未死的心跳。

现在山坡已经绿了，春天已经来临。倒下的一棵树啊，从遥远的地方有沙沙的声音又寻你而来，你是否长出了虚无的树干，是否在美好的记忆中垂直着上升?

一群回家的鸟儿在你原来站过的地方寻找着什么，找吧，这一刻的纪念也许就是一种崇高。

鸟儿落下—— 一个虚无中的巢张开了怀抱。

一棵树的身体里隐藏着风暴

一阵风起，一棵树的枝叶间涌起一阵声响。必须相信，一棵树的身体里隐藏着风暴，当它确信风——这位世界的女儿，可以成为自己的恋人时，便忍不住涌动。这狂热的爱情让春天变得更为生动。

此刻，那些起伏的绿色叶片，像一场风暴的代言人，从低处看，天空被它们画出了颜色，被分割出了许多块绿色的田园。哦，一棵树身体里的风暴又种植了天空。

但风很快会停。一棵树隐藏在身体里的风暴，甚至可以不动声色，柔软地下垂，或无声地延伸，变成寂静的一部分。

这是真正的永远，是风暴养育着内心的伟大例证。

（选自《中国诗歌》，2010 年第 8 期）

阿　土

阿土(1972—　),本名庄汉东,江苏新沂人。著有诗集《诗意故里·绝色新沂》等。

禅茶一味

我要从一枚叶子发酵的水中,悟出口中的滋味如何由苦涩变成甘甜。

我要从嘴唇开始,从口腔的上颚一点点回味到舌,到喉乃至食道和胃。我要知道,它是如何一步步在占领的领土上,让那些受虏的部位慢慢改变初衷,并对之死心塌地。

我还记着自己最初是如何盯着那些游动在水中的精灵,为它舞之蹈之的样子陶醉,为它渐渐舒展的身体惊讶。我用一只手撑着下巴,连自己的影子在身后掉下都未能发觉。我原以为自己是个有定力的人,不曾想只是一片从沉睡中醒来的叶子,就将我所有的骄傲击得碎如粉末。

我也曾想收集散落在镜片中的倒影,用身上的光斑一点点聚集成像,可是,在一杯杯的品啜中,我的欲望越来越淡泊,怀抱的执念也不断消失。

我不知道这些后果是如何造成,在反刍过所有的记忆之后,只记得那枚卷曲的叶子曾在我的手掌中发出过一次生命的轻微律动，只一次……

当我看着那片卷曲的叶子从水中张开，身体的某些神经随之被它一寸一寸地唤醒，我不明白这些不语的家伙，是如何懂得我最安静的时候更渴望对话？

也许，并不是它们懂我，也许，它们只是习惯于因水复活……

管它呢，且吃茶去！

（选自《有荷》，2012 年 12 月 20 日）

贝里珍珠

贝里珍珠(1972—),女,现居北京。著有散文诗集《吻火的人》。

茉莉花开

茉莉花开,夜晚的小神,站立在书案之上,明亮而美好。

风,穿过纸张,会有暗香簌簌而落,这灵动的香息来自造物主的花园。

窗外的一场雨,来得过迟,将尘世的悬念,流成河。而你端坐在书案前,任凭茉莉,这个细小的神拂去你俗世的荣辱,黑暗不再是黑暗。夜晚的黑油彩赋予众多的喻体,随着花香起舞,梦,也在其中。

你,就是造物主雕刻了许久、许久的艺术。

先是轮廓,然后是骨骼、肌肤、皱褶和一个悠长不醒的梦。

黑夜晚,白蝴蝶,闪烁。

留下美丽的传说。

茉莉花开,褪去粉饰。

展示夜晚挑经显纬的缂丝刺绣:夜晚,覆盖着夜晚;灯火,覆盖着灯火。

你，仿佛来自远方，来自茉莉的故乡。

（选自《核桃源》，2016 年第 3 期）

从静物中走回

梦魇，囚困黑色领地。一只风筝飘进深渊。你离群索居，不知将奔往何处，一只蜘蛛在你的头顶爬来爬去……

蚕食般“沙沙沙”的声音，你看到了自己逐渐消失的身躯，被透明体所吞噬。

你向上攀爬，却没有阶梯，一扇窗，随之关闭，你摊开手掌，掌心满是宿命最初的夜雨。

你惊醒时，尘埃落尽。你唇齿微苦，房间内的一切皆为静物，包括你的影子，来不及晃动，你已跌倒。

细瓷，发出白蓝的韵致，掸去你灰暗金属的沉重；镜子，依然沉默，却将月光反射到你的额头，你的眼神慢慢地聚拢元神；当你梦醒，遗忘自己的那一刻，更多的静物，默默地找寻着你的归路，伴有龟兹谣曲。

你在静物的肃穆中，走回。

（选自《山东文学》，2016 年第 3 期）

鸽　子

鸽子（1972—　），本名杨军，云南昆明人。著有诗集《一个人的炼金术》，散文集《坐在秋天的田埂上》。

坐在一块大石上

阳光热烈。烤热了大石和大石上的我。

我坐在一块大石上，像一块小小的石头。

不想飞翔，也不想滚下山坡。就想这样，久久地在阳光下越来越暖、越来越热、越来越自信。

野花在远处开放，蚂蚁在石下忙碌，小草在石的周围且绿且黄。

我的影子落在大石上。有些孤单，而又有些自恋。

偌大一片天地，这么多的阳光和风，全都是大自然馈赠给我的福气啊。

大朵大朵的云，游过来又游过去。

一头低头吃草的牛在静静对着河水，看自己神一般的模样。

一群小粉蝶，相邀相约，带着梦想，飞过田野。

无声的河流，反复洗涤着桥的影子。桥上行人，来来往往。有的停下来看看，而后走远。有的从不停下，渐渐走远。

我把自己像书本一样打开，在大石上。让骨头里字词的种子，发出芽来。让骨缝里小小的黑和冷，消遁。

像一块小小的石头，我看得见远方，也看得清脚下。

（选自《散文诗世界》，2015 年第 2 期）

龙小龙

龙小龙（1972— ），四川南充人，现居乐山。著有诗集《诗意的行走》《自然的倾诉》。

桐子花

明明开得十分灿烂。

明明像一团素洁的云朵落在山梁，扮靓了贫瘠的山村。

明明就要引来传说中的凤凰了。

可是，为什么总是在这个节骨眼上，我的梦就被雷声喊醒，出门捡拾落满山坡的桐子花。

桐子花开，豆荚就要成熟了。

桐子花开时节，我正忙着念书。

桐子花开时节，碧绿的枝叶还没有全部长出来。

遍地都是奔走的农人，他们忙着栽桑养蚕，忙着经营柴米油盐的生计，仿佛桐子花开与他们无关。

不是桐子花不起眼，而是它们随处都可以看到。

过于普遍、过于朴素的美，往往被人们习以为常甚或自然省略。

（选自《鹃城文艺》，2017 年第 1 期）

金铃子

金铃子（1972—　），女，重庆垫江人。著有诗集《奢华倾城》，诗画集《金铃子诗书画集》等。

忧郁症（节选）

三

她的内心开始摈弃她对整个人类的恶。

那个不愿看到春天，也不愿意看到光亮的人……她披上粗布长衣，裸露着身体，走出了囚室。沙沙的树叶声，那些香樟树长大了许多，她向它们乞求……皮、躯干、茎脉、枝叶……还是花朵。

她突然想起一只童年的鸟。

她割断了它的喉咙，她把它抱在怀里，哭泣。在宁静的、阳光照耀的村子远方，一声低沉、凄厉的叫声从夜里传来。

“嘘！”她轻轻地嘘了一声，“别出声！”

“为什么不用一匹马，早日带我回故乡去。”

“如何走啊！”永远被尘封的今日的黑夜。

无边。无底。

六

看呵。看呵。接着雨水的妇人，在夜晚的微风中，把水珠失落在他们的沙土上。

你们要跳起最新的舞蹈来迎接雨吗？

听见淅淅沥沥的响声，你们以为它在浇灌你们刚刚栽下的花木了，清洗你们早日的瘢痕了。

下降的人群，她要指给你们最新的泉水。唉，泉水！你葬在哪一片荒漠的腹中，成为文明的障碍……一群赶路的人，嘴唇干裂。正在饥渴而死。

她快乐了，真的。她看到无数白骨的雨……向她倾倒下来。

她抱住属于她的那一具，跟他睡在一块儿。

她睡了。她睡。

（选自《散文诗》，2012 年第 5 期）

王　妃

王妃（1972—　），女，安徽桐城人，现居黄山。著有诗集《风吹香》。

幸福的水鸟

是凛冽的风，吹走了垂钓者、洗衣妇、在江边相拥的恋人。

流水带走了在深处摇曳的水草。和鸬鹚相伴的捕鱼人上岸了，空空的渔船像一片孤单的树叶。

寒风慢慢捆缚着人的手脚，门窗禁锢了他们的野心。

因为叶子的离开，树的倒影看起来更显僵硬。

正是越来越多的离开，才把真正的干净和空阔还给了水面。

把自由还给小小的水鸟。

也只有在水里，这些水鸟能画出如此柔软而幸福的波纹。

（选自《湖州晚报》，2014 年 5 月 24 日）

云朵低垂

风稍息。空气敛住潮湿而凝重的翅膀。

她感到：原本瘦弱的身体又矮了几分。躲在胸腔里、那个叫

“思念”的小东西又遭挤压，在喉咙里呼之若出。

云朵低垂。多像一个寡情的人，拍一拍爱人的头顶就走了——

留下来的，将是一场大雨倾盆。

两只鹭鸟还在江面上追逐盘旋。

——爱情中的鸟儿，底色纯白，宛如白云朵朵。

（选自《四川诗歌》，2016 年第 6 期）

王小玲

王小玲(1972—　),女,山东胶州人。作品散见于《散文诗》《诗刊》《星星》等。

在一朵花里坐读时光(节选)

三

总能从一朵花里闻到你的香息。

这个春天,我热衷于每一朵花的绽放。

这个春天,我看到的每一朵花都与你有关。

我迎着风唱情歌,追着蝴蝶说热爱。直到蝴蝶栖上我的脸颊。

那些花,铺天盖地的魅惑。心口生出一朵一朵的疼。

一个人的花事,在枝头含而不露。

请原谅我的沉默,这个春天,众芳哗然。我不敢开口,知道开口便是铺天盖地的灾难。

此刻,我在端详这些文字,她们都是春天里盛开的花。

六

这个春天,我穿行于文字的河流。

我浑身湿透，不想上岸。

我用它们来完成一场又一场华美的、典雅的、声势浩大的，和简约的、烟火的、无人喝彩的心灵现场。

我写墓志铭，就像写爱情一样，内心庄严而神圣。

是的，我此刻能做的，就是写下这些长长短短的句子了。

尽管，它们都其貌不扬。

（选自《青岛文学》，2016 年第 3 期）

章闻哲

章闻哲(1973—),女,本名章文哲,曾用笔名章少卿等,浙江诸暨人。著有《散文诗社会》《中国社会主义美学探微——贺敬之卷》等多部。

子虚、海棠如来(节选)

一

粉红的浪潮,宫商角徵羽。这已是全部了。它跟随着我们。或在所有耳熟能详的春天里,所有的尾巴都是一种欢迎词,一种仪仗,迎接我们这些天真的人。有时,它们也是一种富丽的屏障。但究竟是春天的尾巴?抑或春天的羽毛?

我喜欢尾巴,甚于羽毛。因尾巴是俏皮的,而羽毛是炫耀的。

这样讲述真是有失春天的本真,因它们其实是宽袍华服的仙人,包围着我们的仙人。

现在我们已经身在春天了,随便仰天一倒,就能倒在春天的怀里。万无一失的春天。——若有花从悬崖坠落,不必尖叫,因崖底是更宽阔的春天,更绵软的春天。甚至连一个杀出去的冬天,也将在那里化为一壶温汤。

这是无可怀疑的。但这一切也还只是海棠从春天抽出的一把薪火。

——我喜欢这种突如其来的火花，在我们游经之地“刺”的一声点燃，在湖水中漾开，而人们以为是西沉的太阳擦着了白云，发生了莫名其妙的爱情。

整个春天的镜子是红色的，因此这火花也是镜中的火花，不能熄灭，不能取暖，不能触摸——这正是海棠，整个亚洲的海棠，投进人群中的幻影。

但或者是久远的期盼，在佛陀曾经诵经的地方，长出的寺花。

二

宛如出入乱世的常客。抑或我们只是飘浮在海棠上的船只。

男妖海棠与女妖海棠都是寂寞的，因此须日夜做爱，使航行的船只颠簸不已。

真是纷扰的世界。像蓝色的水一样不停咆哮的纷扰。

听说有人已经丧失了诗篇。号啕大哭的赫卡柏却像诗人那样从悲剧作者的笔下诞生了。仿佛一种遗传基因，在上个文明的瓦罐里，装着海伦，却是隐性的海伦。现在——终于是显性的了。虽然更苦涩，更老了，却是更明亮的海棠。没有一丝低落之象。

轮回是越来越高的吗？在宗教，甚至在尼采的语言中，都可听到一种广播式的宣讲，像盘旋而上的一墙紫藤花，不断升腾，直至云雀那样无可企及的高度。

现在我们要平静下来了。在已知的必然的轮回中，自己扮演着轮回之神，使一切历史的悬崖和山谷变成扁平的起伏。

——信任科学的人们确信：在那里始终会有一枝海棠，盛开并安慰。且欣喜地揭示着观众的存在。

五

高举海棠突然成了我的意志。

两种或可化为同一，但或许，人们应该洞察：我是相反的美人。需要站在海棠的面前，映出完整的海棠的真理。

如何成为海棠的颂歌，如何成为海棠的仪式。作为一个缺少颂歌的人，应该向一种美致以全部的热忱，以示世界的健康、理想还未泯灭。

我确信我有一支颂歌，可以献给海棠。就像一个民族向另一个民族传递一种两小无猜的主义——不是和婚，不是丝绸之路，也不是春秋与罗马。

（选自《山东文学》，2016 年第 8 期）

青 玄

青玄（1973— ），女，本名李雪梅，新疆博乐人。作品散见于《诗刊》《星星》《诗潮》等。

牧云的人

时间在此早已失去刻度。山的半腰有人家，也有云的涟漪。

染着霞光的马鬃披风逆行，野草深藏蹄音，压住马嘶奔鸣的旋律。野花连成一片，隐去道路崎岖，平缓一个人举目远望时空荡的惆怅和内心的陡峭。落满灰尘的脚印也像一阵过路的风被忽略。

远处有多远，没有消息的人和经过一场雷阵雨就散开的云一样，悬成内心游移的未知。记取的心，裂成砾石，等云崖漫天，从无边的长醉里，沐雨醒转。等刺穿云海的太阳搭救，赐归路没有冻伤的牛羊。

云的宽度就是天空的广度，鹰的高度就是天空的亮度，心的温度就是天空的深度。

六月的唐布拉草原，云满溢成天边的一团棉麻，送出洁白书简，牧云的人，轻诵刻满印章的草木山河，带着内心的潮湿和不息的奔涌。

那些花儿

花儿，晃动。

跳跃的蚂蚱是它们细小的声带，我能听见你内心的舞蹈。

闯入者利刃上的凉意——

冷风越近，你距离尘世就越远。

那一定是一次无心经过。当我屏住呼吸，敞开山谷所有缠绕的风声、云烟、雾霭。

风的误解投向山的骨骼，布满山影的手掌，将野草的清贫和你馥郁的前世悉数摩擦。

那些花儿，终究挤满赛里木湖湖岸。

出让了美，被人间收留。

（选自《星星·散文诗》，2016 年第 3 期）

宋清芳

宋清芳(1973—),女,山西朔州人。作品散见于《诗刊》《诗林》《星星》等。

在和睦居

我们抬头看星星,深夜听虫鸣。

我们围坐一起,就着月光说大话。唱大戏。喝大酒。离别的时候不断流眼泪。

我们口音不同。

我们来自天南地北。

我们内心都有十万亩田野、几座不大不小的围城。

风吹树叶哗哗响,时间恍惚得就像一个梦。

和睦居的灯光在某一个夜晚,忽然那么沉寂。秋天的落叶打着卷儿,不知所措。虫子焦急地叫啊叫,似乎催赶着时光走向深秋。

黄河水继续向东流,拦也拦不住,就像离别,就像回忆。

夜雨寄

这必是我了。

是的,久违的感觉一涌出来,就有流泪的冲动。可境界和情怀都不是了,再想回到泪光里,只是臆想。

但总是被吸引的,这轻轻的抚摸,这敲响大地的蹄音,这湿润的孤独。

每一滴雨,都有一个我在轻轻诉说。

其实什么都不用说。

春远的时候,有流水。流水远的时候,有光。

总有你持续热爱的时刻,比如,静夜听雨,听它不紧不慢地把黑暗,顺序安慰。

从地而来,入地而去。来中来,去中去。

忽然想起入土的人,即将入土的人,和终要入土的人。说声安好。

雨有语言,你只是听不懂。

今夜舞起来的,是水。

曼妙。不可说。人天。土地。慈悲。

(选自《核桃源》,2016 年第 6 期)

谈雅丽

谈雅丽(1973—),女,湖南常德人。著有诗集《鱼水之上的星空》,散文集《沅水第三条河岸》。

知更鸟在歌唱着什么

知更鸟歌唱的,是否是天籁?

将来——我的房子要用松杉原木搭建,靠着奔腾的雪水。边界是一条小径,通向蔚蓝色的俄罗斯。

我渴望的是蓝松白雪,是跟着知更鸟的古老情歌,一直走到沧山尽头。山尽头有个伊犁小伙,弹着冬不拉,而野花开遍,金草如潮……

我走过铺满鹅卵石的河滩,经过薰衣草盛开的田野,穿过大街小巷,人们喝茶、种花、闲聊,听着收音机的京剧或民间小调。

我看着门前花开花落,山间日出月升。我聆听着知更鸟歌唱的美好传说。

这就是我渴望的全部,我尊重生活的安静和恬淡,除非邻居的马车惊飞池塘的一群天鹅。

我想长成春天的那枚野果。亲爱的,你来告诉我,知更鸟在我屋前歌唱着什么?

(选自《湖州晚报》,2014 年 8 月 16 日)

王　琪

王琪(1973—　)，陕西华阴人。著有诗集《远去的罗敷河》《落在低处》等。

没有哪一朵云为你停留

去南部山区，平原已在身后。

公路一直吃力地向上盘旋，你看见奇崛的走势，依着山峰，令大地嵯峨起来。村庄远矣，河流远矣，俯瞰空彻的峡谷，万物都将在你脚下，向下沉落。

光斑隐约可见，一道一道从竹海与深林透出。秋的意味不浓不淡，但没有哪一朵云，为你停留。

它们聚集一起，向西奔涌，毫无眷念。但为什么，它们要携走天空下的苍茫，从一侧，向另一侧？

如果你口袋里有几片草叶途中不小心遗失，你一定得仰头观望，擦擦汗水，弯下腰身，和大地上的植物亲近一次。

天空深远。无论雨做的云，还是风吹动着云，这旷远的季节里，你行走万里，也不过如一丝天上的云彩，轻飘于尘世。

（选自《星星·散文诗》，2014 年第 8 期）

站在有风的山坡上

春山如笑，花朵们渐次醒来，先是桃花、梨花、玉兰、月季，再是风信子、马蹄莲、郁金香……油菜花金黄，虞美人红艳，而我喜欢的牵牛花，正卑微地行进在馨风浩荡的路边。

不再轻言时光带给我的伤害。游荡人间的那些精灵，一次次带着烟火的气息迎面扑来。它们携带风、携带雨、携带远方的真情邀约与呼唤，回到身旁。

我宁愿相信，世间所有的事物都是有起源的，也都是有结果的，比如一粒种子深埋泥土，比如一次闪电响彻长空。风无法让这一切静止下来，我只需保持站立或俯身的姿势，和白杨与蔓草做一次倾心的交谈。

河边的石头一动不动，它听不懂风的声音，也看不懂风的表情。浓烈的香气四处弥漫，充满爱意的春天，我用两只手，紧紧地抱在怀中。晨雾散开，残垣上响起的轻快歌谣，飘摇成沸腾的阳光，铺满山河。

两只斑鸠东张西望，想要把自己再次从树林放回天空。那个河对岸朝我挥手示意的人，他不说话，笑了笑，就隐藏起来，化为一枚清凉的月亮，挂在村西的树梢。

（选自《散文诗》，2015 年第 6 期）

王仕应

王仕应（1973—　），现居成都。作品散见于《星星》《时代文学》《山东文学》等报刊。

趋　暖

那吹绿的消息，从波纹里潜来。

欢欣是叶子的舞蹈，是峰峦摘取白发的泪水，是天空露出灿然的笑容。

倒影在河流撕裂的痛哭中，倒影在一只鱼漫长的溯游中，倒影在离水面不足十二米的渴望里。

近视的冬天真的撤退了。冰封的日子从深流的静水里跃出。

给阳光一个折射的角度，每一片鳞捂住的疼痛和往事，都有了金色的慰藉。

打开腮腺，冰冷是向后退的泡沫。相忘的江湖，我错过了什么？

一群同类的闪电，将下潜的记忆一米米拉开。

有人趁机蓑笠独钓，用一枚雪的暖掩盖锋利的倒钩。

有人咬断冰块，咬断弯月，让鳞片成为灯盏，烛照着千里漫游的坦途和凶险。

一切泡沫的表述都是蒙太奇。不相濡以沫,只以相同的淡与咸,写一段两只鱼,三只鱼,甚至更多鱼的冷与暖。

(选自《天府诗词》第4期)

颜　儿

颜儿（1973—　），女，本名杨燕，贵州人。作品散见于《中国诗歌》《散文选刊》《散文诗》。

垂钓光阴的老人

晨昏暮霭中，有落日西山的鸟儿，也有向晚的雨水。

垂钓光阴的老人，把自己余下不多的岁月一起垂钓。春似眼波流转，折叠一纸空山。越来越瘦的身影。

多少年，我不曾看过父亲河边钓鱼的样子。此刻，我在远处，在高处，安静目睹，这样质朴的画面。一根长长的钓丝，一头在老人手中，一头在水里。仿佛要静守千年，又似短暂的一瞬。要怎样的耐心和坚守，才能静对一方水土？

一个时辰，两个时辰。

没有一条鱼。父亲说，如果没有鱼，也是垂钓一种闲适的心情。青山绿水，最是人间四月天！几十年往返于河滩，以水为镜，照见生命中，渐次苍老的自己。

风来雨去，听见风中有碎石、草叶、虫子的动静，灵魂在更深的水里，相互撞击。

与自然对话，和自己的影子坐在一起。

干净，澄澈，忘掉人间还有雷鸣、闪电。

老人，水面，风若有若无地吹。禅意深深，这细碎的、真实的、似梦非梦的光阴啊！

回忆当年，父亲钓上的鱼，熬成新鲜美味的汤，伴随女儿的成长，然后是女儿的女儿一点点长高……

父亲老了，多少温情静默在水中。

接近自然，接近水面，树叶，花影，父亲黝黑的脸，皱纹同时落在水波里，竟然那么美。

（选自《中国诗人》，2016 年第 4 期）

阮殿文

阮殿文（1973— ），回族，笔名斯蒙，云南昭通人，现居北京。出版诗集《我的另一个母亲》，散文集《像大地一样》。

我想离你远一些

真的，我想离你远一些。

本来，站在河这边，我能看到对岸的风景和风景中的树——我知道，我的血液必须来自树的底部。

我的目光落到我的身上，我当然只能看见自己，而看不到对岸的风景和风景中的树。

真的，让我离你远一些，像远离圆明园失火的夜晚。

与庄稼对话

“我知道，你是我父亲种出的庄稼。父亲种出你，是为了养活我。”

“是的，你的父亲种植我，是为了养活你。但是，你应该知道，你的父亲养活你，是为了种植我，所以——”

“所以什么?”我有些不耐烦了。

“所以,很久以前,你的父亲就是我的父亲。我和你是亲兄弟。”庄稼说到这里就停住了。

我一言不发。

一只蝴蝶

还要飞多远,你才会歇下来呢?

天空那么深远,大地那么辽阔,你怎能把美丽的花朵数完?

我想,小小的一座山上散发的花香,已足够醉你一辈子。

可是,你真的是个小傻瓜蛋吗?飞了那么远,还不歇下来为自己筑个巢?

(选自《散文》)

堆　雪

堆雪(1974—　),甘肃榆中人,本名王国民,现居新疆乌鲁木齐。著有诗集《灵魂北上》,散文诗集《梦中跑过一匹马》等。

暗　香

暗暗地香。一切,都不在明处。

花在暗处开放。灯在暗处明亮。人在暗处歌唱。

我不能说出你的名字,姑娘。花朵还未绽放,花蕊还在自己的闺房。

一切还被装在心里,一切还被蒙在鼓里。

一切,还仅仅停留在,一张白纸上。

我知道你的香,知道你心血燃烧的春愁和芬芳。

我知道草香、花香、蜜香和木香,你睡眠时那淡淡的、发自灵魂深处的体香。

我知道,狼和狐狸还未到来,蜜蜂和蝴蝶还未到来。

一切,还在阳光的青草和月光的水塘,暗暗滋长。

这是我描绘过的那种气味:闻一闻,就让人紧张!

(选自《星河》第21期(2015年春季卷))

竹

斜风细雨中奔跑，你看见我露在体外的骨头。

竹林摇曳，多少等待霜降的山川失眠。一种，硬生生的疼。

无月的夜晚，谁潜入我梦。用惊心的刀枪劈开我的血肉，用爱与仇恨，掠走一曲烛照的歌声。

我只能一节一节地爱你，用不能省去或跨越的沉默。

每生一节，都有包扎的爱慕和隐痛。为容纳你，把自己掏空。

一生，只能向上。一节一节，用骨头扎成高高的梯子，更远地望你。

用竹竿搭桥，用竹筒截成盛米的器皿，用竹叶缀成梦的裙裾，用竹片做成滴水的檐，听。

最后做成竹简，一遍遍念你。

竹，就那样，古色古香。

用牛车拉着我们的聊斋，一捆一捆地，走进黄昏。

（选自《星星·散文诗》，2015 年第 5 期）

菊

秋天逼近。霜在大地上，轻轻画出你的脚印。

风，有点沉不住气，开始在一个人的心底和眼里用劲。

天际，云的边缘，渗出缕缕血丝。

我等的那人，终究会来。纸窗上，已有暗影点亮油灯。

月亮很大很圆，悬在天上，弥漫桂的香气。庭院，着长衫的人，手握诗卷捻须沉吟。

镜子是用胭脂画出的铜，能照出斜阳芙蓉。玉簪银钗，穿过绾在发髻的风。

木门虚掩，挑夫归来，拂去肩上风尘，柴垛码起成捆的光阴。

一把折扇里，有虫鸣和袅袅炊烟四起。

菊花开了，已有些时日。尽是疏雨后的黄淡与白静。

它开着，等一个人和他的影子，走完距离。

（选自散文诗集《梦中跑过一匹马》）

泥　文

泥文（1974—　），本名倪文财，重庆开州人。著有诗集《泥人歌》《我多想停下来》等。

蜡梅曲

蜡梅总是在冬天擦拭生灵的眼球，通肺畅心。它用细微的分子组成的香，在冰冻里释放温暖，让我们冷下来的脚步变得活泛。

它有一个贫贱的命。这或许是从上帝给它命名时开始的。

它有一颗自静的心。远离夏天的青枝绿叶，远离万物争宠般的枝繁叶茂。远离秋天丰硕的胁迫，是以无视悲秋的情感。

蜡梅从女性，用体温开出花朵，它是悦己乐人的。花朵里的香，在酷寒冰风里，悉数展露，柔若无骨的媚态，给懂己的人。

蜡梅从男性，就那么赤条条地立在风雪里。不壮实的体质，从不优柔寡断。该挂叶时挂叶，该说出自己的秘密时从不吝啬。

它命里的质地坚硬，冻土三尺是它的舞台。它的根须在清贫里收集力量，张开自己的臂膀，谈吐优雅，不妖不惊，开放得有些孤独。

其实孤独也罢，孤寂也罢，都不在它心上。只是想开放，开放出自己的模样。有人怜悯也罢，有人欣赏也罢。

我认识蜡梅经年，从没看到它有空空的失落感。这多像在泥土里耕耘的父老兄弟。属于自己的，总是不遗余力去争取而后开放。生存环境的优劣不能左右。

一种思想在自己的领域里开枝散叶，一种思想被接进城，焚烧自己的香，靓丽别人的眼睛，装扮别人的味蕾。

如果说蜡梅有忧伤，就是开放了一个冬季那么长。

蜡梅不说话，不等于它没有话。它的语言全都安放在根上、枝上、花瓣张开的嘴上。

它是一个务实的人，是经得起折磨与近乎残酷检验的人。

风霜越浓，它的魅力越有味道。我知道，你也知道。

（选自《青岛文学》，2016 年第 6 期）

何　文

何文(1974—　),四川天全人。著有诗集《血液里的火》。

荷是我水中的姓氏

荷是我人间的姓氏,但将荷叶当作草字头,顶在头上遮阳的童年,最接近我灵魂的姓氏。

走路都带着水响。清澈从纯真的眼里淌出,世界被我用观看的目光清洗。

丢掉植物的属性,西装包裹的身躯早已残败。佯装高雅,满嘴颂词,却吐不出一朵莲花。全身洒满香水,也引不来一只蝴蝶青睐。

此生长已矣。被欲望腐蚀了的身体,正被时间慢慢沤成泥土。

素食清饮,行善持正。努力像荷保护藕一样,保持骨骼的完整与坚硬。

死后,请将我葬于水。

在来生,让我重生为植物的荷。

(选自《沫水》,2017 年第 4 期)

刘 川

刘川(1975—),辽宁阜新人,现居沈阳。著有散文诗集《个人史》,诗集《西天的云彩》《大街上》等。

个人史(选三)

高高的草

这一片草太高。高过我的腰,几乎齐胸。
我不得不断用手拨开它们才能通过。
左、右向两侧,拨着金黄的草。
分掌、合掌,分掌、合掌……一次一次又一次。
像游泳一样啊。
我只身一人。在茫茫的草丛向前,没有岸和尽头。

柜子里的云

把云锁在柜子里,直到它风干成一只坐垫。

把云上的天堂锁在柜子里,直到它成为柜子里的一只箱子,依然紧锁。

之后,我把我的柜子紧锁,我的嘴巴也像一把锁,锁住这个秘密。

嘴巴的用途

吃饭。

还有就是，吻你。

我的嘴巴，像永不摘下的勋章。

为你而佩戴。

当你离开，我的嘴巴，只剩吃饭的功能。我依旧吃着。为了让嘴巴成为：

缅怀你的徽章。

（选自散文诗集《个人史》）

梅里·雪

梅里·雪(1975—),女,本名梅生华,甘肃天祝人。有作品见于《诗刊》《星星诗刊》等。

山菊花

繁星。人间灯火。覆盖在时间之唇上的轻吻。

白霜落下来,它在时间深处如梦如幻地绽放,

花期将至,它拒绝忧伤,只听见时光落入草丛的微微呼吸。

匍匐大地,用影像记录美,在镜头里我分不清哪一朵是天边的云霞,哪一朵是白云的霓裳。

野菊花挥动清风的手指,把白云的帽檐又拉低了一寸,矮下来的天空——

对镜贴花黄。

昌都鼠尾草

把藏东天空的蓝扯下一角披在身上的,是一枝一枝鼠尾草。离炊烟不远,离心很近。

那穿着绸缎的,出尘入世的薰香,把冻土上的生命高高举过

青藏。

象形的命名，抱紧雪，品味高原的空旷，享受雪域的静寂。

偏安一隅，迎风参悟。

一枝和另一枝挤一挤，高原就暖和了。

把星光摇落，把月光摇成度母的形象。

我不够清洁和无伪，不敢靠你太近，一指触碰，你的香气覆盖我，像月光放牧花香，像雪覆盖雪山。

独一味

和千万座雪峰比鲜艳，铜钱大的一点红就够了。

在风里摇一摇，你就是整个青藏的民谣。

把根藏在冻土里，让内地来的诗人都变成花痴，都患上花香袅袅的敏感、忧郁和孤独症。

我知道有一种盛开是执着的信念，它让大地承载太多苦难，让看到这种坚韧的人理解了生命表象下，依然有着渗入骨髓的凉。

所以，独一味虚相是花，实相是药，它信仰治病救人的哲学。

（选自《青岛文学》，2016 年第 8 期）

吴素明

吴素明(1975—),笔名吴撇,福建惠安人。著有诗集《风吹草低》。

荷

你那粉红的腮。谁和你说了话。绿裙接天,会下一场碧绿的雨。腰肢的摇摆像蜻蜓眼里的一阵光。

你是美丽的房间,住着安静的睡眠。睡眠在低低地飞,像极了一根丝绳的琴弦。透明的窗向四面打开。灯光并不熄灭。

你更像少女的胸口。那多汁的乳房呵。阳光钻出了乳晕。你的闪烁和你的润滑。你愿意抚养一窝的婴儿以及好像婴儿的眼睛。

你若是高沿的提篮,我会把雨装进去,把池塘里年幼的水花装进去。我要躲开夏日的视野,我一定会把我的伙伴装进去。

我抓紧了你的辫子,你的辫子像一条水蛇。送我一只米黄的发簪吧。你必须跟我回家。

你一定是我的光滑的女人。

(选自散文诗集《风吹草低》,大众文艺出版社)

美人蕉

我触到你肌肤的嫩了。滑梯一样的嫩，镜子一样的嫩。风只能踮着走过去。

你的美目藏在阔叶遮起的帐幔后面，像鹅黄的或赤红的宝石，一阵阵忽浓忽淡地折光。然后才睁开，如同地缝，初醒的蒙眬的睡眼。你的眼底飘出了歌声，仿佛峡谷中弥散的山岚，那歌声使叶子都吹奏起来，绿油油地起伏。你的睫毛潜进轻风里了吗？你的眼光沉入艳阳里了吗？你的美目立在你的阳台上，望着夏天一块块地鼓胀，一如你的耸立的臀。

日暮时，你仍凭栏远眺，你的美目像一只窗口，抑或晚霞鲜艳的家。

（选自散文诗集《风吹草低》，大众文艺出版社）

宓　月

宓月（1976—　），女，浙江绍兴人。著有散文诗集《明天的背后》，长篇小说《一江春水》，诗集《早春二月》等。

睡　莲

我的世界很小，你能嗅到芳香的距离就是边界。

我的世界很大，能装下月亮、太阳、星辰，以及人世风云。

我没有宏大的理想和抱负，我只想在上苍赐予我的一方小天地里，认真开花，从容结果。

我有不涂脂抹粉的鲜艳，我有质本洁来还洁去的前世今生。

有人说，我应该听佛音禅语，接受点化；有人说，我应该远离污泥浊水；有人说，睡，是我的一大罪过……

我不想解释，更不想辩护。当阳光唤我醒来，我就欢欢喜喜地开放；当夜色浓重，凉风阵阵袭得我困倦，我就静静地安睡。

除了生长美，我什么也做不了，包括爱。

如果我不小心闯进了你的眼眸，撩动了你的心旌，请保持距离，驻足远观。即使万分地喜爱，也请冷静。

情人海

爱情是什么？一朵白云想得出了神。

它沉浸在甜蜜中，忘记了飘荡，也忘记了自己是在天上还是在水中。

风马旗轻轻飘扬，时间虫洞悄然开启，却没有谁想去穿越。

每一棵树，每一株草，甚至每一缕风，都能找到另一个自己，并且，与之嬉戏。

不苛求意义，快乐就是一件单纯的事。

你也可以，将爱情装满又倒空，倒空又装满，一次又一次。你不会感到沉重，更不会感到虚空。

在情人海，爱就围绕在你四周，又满溢在你心尖。没有人会讥笑你把世界放在一边，醉卧在山头，游荡在海子，一宿又一宿。爱的博大和浩瀚，爱的纯粹和神秘，任你探索，任你把握……

无穷无尽变幻着的世界，离它越来越远。

那顾此失彼的惶惑、匆匆追赶的疲累，以及那真真假假的面孔，与它无关。

在情人海，你就是那朵痴痴地发呆的云。

（选自《四川作家》，2017 年第 1 期）

张生祥

张生祥(1976—),福建南平人。作品散见于《人民日报》《散文诗》《星星》等。

最后一朵

最初的模样一直姣好。在一棵大树下,背影是纯洁的。
她们丢下的目光,还留下曾经的慌张。

草丛里,蜻蜓轻踩阳光投下的浮桥。
它们都穿着时间拔下的羽毛。

我近过身去。从第一朵开始,怎么数得过来?
我就是那最后的一朵。

风在树枝上睡着了

一棵树不是在摇曳,她是在徜徉。
暗夜不是时间的延续,她是寂静呈现容颜的姿势。
夏天,蛐蛐的叫声,是一种坚硬的突围。

她们，都在月亮的脚趾下，固执地守住恒久。

风的女人，从梦呓里得到满足的光辉。

风是在树枝上睡着了。

整个人世间，都是她恋爱后留下的芳香。

（选自《核桃源》，2017 年第 5 期）

叶　梓

叶梓(1976—　),本名王玉国,甘肃天水人。出版诗集《馈赠》,散文集《穿过》。

夜空……

群星细小的翅膀,

正在一点一点地抬高夜的位置。

——它们卖力的样子,会让一个至今没有学会仰望星空的人,被命运连根拔出。

一首诗的诞生

一首诗的诞生,有时候会像夏日暴雨,说来就来,但它绝非空穴来风。在它的背后,有着乌云不停的搬运,有着走在路上的闪电,甚至有着更多不为人知的秘密。雨水交给大地,就像诗句交给读者一样—— 一个优秀的诗人,在一首诗歌诞生之后应该离场,剩下来的事,与读者有关,与自己无关了。

蓝田玉

导游极力地推荐着:“买一对吧!”她的脸像秦俑一样,也是单眼皮,但长相硬朗,典型的秦人。环顾一周,手挽手,两个相爱的人离开了。但是,在一个人的心里,已经替她戴上了一对蓝田玉的手镯。

进店门时,“蓝田玉暖日生烟”;

出了店时,“此情可待成追忆”。

(选自《诗潮》,2010 年 2 月号)

爱 松

爱松(1977—),本名段爱松,云南晋宁人。出版诗集《巫辞》《弦上月光》《在漫长的旅途中》等。

红堡练习曲(节选)

一

他抱着吉他,窗前飞过小鸟。

轻盈的痕迹,划疼厚厚的老茧。里面的迷宫迂回曲折,藏在琴箱中。

许多把钥匙在手指间,晃动。他不确定该用哪一把。

这坚硬的琴弦,越来越紧。他想起一张脸,整晚的月光照耀着的、红色的锁。

他伸出手,但仍然不确定,该对准什么部位。

八

在黄昏,他喜欢和木琴对视。这样他就可以看到,遥远的格拉纳达。

甚至还可以想象自己,就是那位旅途中,不知疲倦的老人。

在夜幕降临之时，绘制心中的，阿尔罕布拉宫；绘制宫墙上剥落的、金灿灿的手指。

十一

他斜靠着琴睡着了。这次练习很累，肩膀支撑一个宫殿。

他得好好地畅游一番，把这些精密的、构造物的叙事，细致地测算一下，他现在的位置和形态，他和老人说话的次数和语气。

宫殿所有的秘密，被一一提及。沿着回忆，他回到了原地，他慢慢捡起一块砖，砌在，另一块之上。

（选自《散文诗》，2017 年第 12 期）

陈劲松

陈劲松(1977—),本名陈敬松,笔名无花果,安徽砀山人,现居青海格尔木。出版诗集、散文诗集《纸上涟漪》《白纸上的风景》等6部。

3点45分的月光

寂寞高悬。

孤独有着白霜的颜色。

天空中那枚失效的药片,清凉,微苦,有苦艾的香。

它无法安抚:

那个思乡的异乡人一声又一声被压低的细密的咳嗽,和他胸口思乡的痛。

绕过低垂的星河与一首唐诗平仄的韵脚,轻移莲步的月光,它在今夜加深了谁的孤独与落寞?

与我一起失眠的那一小片月光,在我枕边,心痛般,谁也无法拿走。

3点45分。

谁拧开了月光的水龙头？如果没有人醒来，这逝水般的月光就将白白流淌。

谁在此刻陷入睡眠，它就是谁。

溃散的时光！

（选自《诗潮》，2010 年第 2 期）

看风吹动树叶

风吹过，那只飞鸟微微顿了一下，天空漾起细小的波纹。

花香把一朵花带向远处，花已不是刚才的花。

水池中的水，泛起的水波中藏着无声的秘密，那池水已不是刚才的水。

阳光落下，太阳已不是刚才的太阳。

万物都追不回刚刚转身的自己。

那个返身回来的人，已不是刚才的那个人。

看风吹动树叶，一片翻转过来的树叶多像人群中独自回首的那个人。

隐秘而又陌生，一片翻转的树叶让时光露出银质的背面。

（选自《星星·散文诗》，2016 年第 8 期）

雨中听荷

在阳光中轻移莲步是一种美。

在雨中，抿紧芳香的唇保持缄默是另一种美。

此时，喧嚣被压低。

被阳光读过的那抹红与芬芳正被一滴又一滴的雨诵读。

在龙栖地，雨粲然如莲，悄然绽放，又悄然凋落，如恒久沉默的时间……

宁静如锦帛，再静一些吧，哦，每一滴雨就是一滴小小的寂静，而龙栖地，就是更大的那一滴。

（选自《诗歌月刊》，2017 年第 12 期）

霍楠楠

霍楠楠(1977—),女,河南周口人。著有诗集《断流》等。

杨柳岸

这些,是我的,最繁华的枝叶。

这些,被无形和有形的风吹拂的内心的河流,总在感性与理性之间丢失了空白的部分,落寞微凉的夜色滑过雪野,像滑过我此生中所有不堪回味的境况。

有那么多的私语者,请与我共眠,休憩于无边的阅读。我们的肉体时刻都在磨损文字的年轮,我们的年轮尝试激扬起无边的回荡。

结尾之时的回荡。会抓住每一丝奇迹的光线。

穿过树影的回荡,向上攀爬,与每一处着彩的光晕严丝合缝,到达填满之时的温度,敲下另一篇音符的华章。

延伸你钢铁的脉管。

想象河流的幸福,在缓缓飘落的花瓣之间,带着倾泻般的热情与一幅肖像积极融入。

漂流,是无边的守望。我们总在诉说冷漠,总在等待帆起云落,习惯于漂流与回荡的落差,抵达仿佛就是胸口无法搬出的石块。

一种重压，那样不利于光线的生长，涓细的流水，与发散的回味。

似乎，再也重拾不回云淡的宁谧与风清的散漫。

而枝叶依然，还原着本真的节奏，蕴含着一场风暴的雨滴。

此刻，我看到了今生，与彼岸的光芒。

（选自《核桃源》，2015 年第 3 期）

麦　子

麦子（1977—　），女，本名刘艳。江苏阜宁人。诗作散见于《诗刊》《散文诗》《青年文学》《星星》等。

风

最初，是一缕不经意的风掠过，满坡的荒芜，陡生出一片绿意。

循风的脚步探寻，十一月的天空，幽蓝而又柔软，像你的眸子，洞穿我，有淙淙的流水，穿过十一月的麦田。

一株草开始从秋季折返，昆虫的翅翼上，风的影子在不停颤动。

田野上到处都是风的足迹，风，把一个人的眼神温热地传递过来，一朵休眠的花朵在季节的深处慢慢打开。

那么柔软而执着的风，在田野上、麦田里不停地、低低地吹。

我在等待一场更大的风，将我带走。

（选自《湖州晚报》，2014年3月22日）

秋　水

秋水(1977—　),江苏无锡人。著有诗集《有时只是瞬间》。

一小段时光

现在回想起来,房间里的门窗开得一直不够彻底。留下的缝隙,只够容纳下一只蜻蜓的侧身。它落在那件她最爱的蓝裙子上,不舍的样子,让她还以含笑的泪。

若非体内一直珍藏九月的桂花与百合,她不会独自呆望一扇吴越的窗口,不会让泪如原野上空的星星倾盆而出。早春的姿色被打落在青石板路上,雨中的石榴花,每一瓣都吐出橙色的欢愉。

秋千上,只剩下她和病了的倒影。庭院外的茶未喝便凉了。过于幸福或过于苦痛都会让时间凝固,雨密密麻麻地淋着,如她紧闭的双唇。

(选自《星星·散文诗》,2015 年第 3 期)

语　伞

语伞(1977—　),本名巫春玉,生于四川,现居上海。著有散文诗集《假如庄子重返人间》《外滩手记》等。

沉世之香(节选)

一

深吸。你我互为镜像。

我到来之前你是你、我是我,我到来之后你是你、我也是你。成群的云朵似骏马驰骋。风声吹醒山外事。雨水,说来就来。

那比思想更快、洞穿我的是你的香气。青烟一缕,已化掉我们彼此的缠绕。然后,南国在我眼中漫游,有人用瓜果读史,有人用繁花练剑,有人沉默,穿梭在身体之外,回望一场一场的雨水,世事恍惚啊:那草木盛世也曾,从我们经过……

我和你。其实我们已经简化成我。其实,一脚踏入被子植物门,披上桃金娘目的外衣,与石榴、菱角等成为姊妹,我就不再醉心于生存的秘密。

光影缓慢地叙述,镜头拉长,没有什么可以阻止少女怀春。

二

不说伤口，只说荡漾。

荡漾。水的波纹。往昔次第展开。时间从手指取出浪花、雾霭和山色空蒙，我在一株新芽中隐藏我，我在一棵老树中隐藏我，我在一块自负而又无法命名的木头上，寻找故乡——

无须空中航线、火车轨道、高速公路这些成熟的词语来识别童年，我只要一条幽谧的小径，有一些叶子、枝丫，可以上山，可以过桥，可以回到想象，无中生有。

找到的沉默，它们的生趣是感染细菌的游戏。

找到的死亡，它们最后的呼吸止于血和泪的恣意绽放。

我在命中迁徙。护送我抵达的都是受难的天使。我的到来就是坐忘前生，用缥缈的身影散发更多缥缈的身影，到纷纭的世相中来，还你一个今世的遇见。

四

吐故纳新。

传说在南国古老的温暖中，椰果在飘香，木瓜在飘香，槟榔在飘香，棕榈在飘香……所有的空气聚集成香气的语言，从咫尺，到千里。

宇宙。地球。图像。镜头。或远，有时我令你熟悉；或近，有时我令你陌生。我没有足迹，迈着空步，触摸一些树的心跳，对某些树感到亲切，比如莞香，比如蜜香，比如鹰木，我在它们身为植物的灵魂里根植灵魂，抓取漫长的光阴。

我要繁衍出更多的魂魄。

于是，两千年前帷幔轻拂，我用魂魄附体，把你唤作妖精，来去只有香过而无踪影，三千粉黛无颜色，无施胭脂亦倾城，我就是妙计，助你狐媚惑主。

于是，五百年后城市可以虚拟，我可以为你随意设置处境，陪你廊前抚琴、月下吟诗、案上作画、节日登高、闲时访友……不在此处，不在彼处，我就窗边掌灯，伴你夜读。

（选自《上海诗人》，2016 年第 3 期）

周公度

周公度(1977—),山东金乡人,现居西安。著有诗集《夏日杂志》等。

歌德的小诗

我不愿意你是碧桃。

碧桃重瓣,时时艳丽。杏花含蕾微红,初绽而白。

我愿你是杏花。清愁携淡喜。采果之时忆赏花。

“少年看见玫瑰花,原野里的小玫瑰;那么鲜艳,那么美丽。少年急忙跑上去,看着玫瑰心欢喜。”

少年在暮色里。

薄 暮

春末夏初,暮色清透。

滨海的傍晚六时,关中的日落七时。众星微茫高邈,花香隐藏。

西方的暮色,通消息于拂晓之时的海面。我停在蔷薇花丛的边上,仰望水色的天际。

天际。天际不可久望。不可悲心苦面。不可折枝。不可妄自相思。不可顾影自怜。不可暗吟小曲。不可若有所思。不可绕行落花。

暮色低垂。像一个人的某一日，杳无音讯。

裁宣为册

有木尺，也有剪刀。

但她用心裁。一边说话。入夜抄经。从《佛教念诵集》开始。也许有默诵。

香赞。净心真言与陀罗尼，短篇的经文。佛陀与菩萨。夜色融为灯下的水墨。宋代的纸张，元朝的墨，明代册页里的人。

“不。”兰花簪发，断发似双鲤。远方有信，珍藏于宣纸的夹层。

她用慢的速度，写快的毛笔字。

画一个眉眼羞怯的女孩子。吃西瓜，说粗话。

（选自《核桃源》，2017 年第 4 期）

耿永红

耿永红（1977—　），女，河南驻马店人。出版诗集《月光执意不走》，长篇小说《原罪》等。

打电话的男人

他接电话。眼睛里涌现出玉米、小麦。大片大片的五谷香，从他的笑容里溢出来，从他的声音里溢出来。他的河南话，被西北风一斩一截、一斩一截。他坚持，在风里拼凑那些零碎的图片，金黄的是麦子地，绿色的是玉米田。

电话里有清脆的笑声，一波一波，浪花一样涌到他身上。他像一尾滋润的鱼，游弋着，欢喜得摇头摆尾。

他说起工棚里的风声、扑克牌、啤酒瓶。他想起麦秸垛，他身边轻轻喘息的女子，红嘴唇樱桃一样水艳。他还想起老父亲就着高一声低一声的咳嗽声，将出门见喜四个字，挂在树上，像挂上四个大红灯笼，照亮他回家的路。

他的河南话带着黑土地和黄土地的体香。一格子一格子的田地，他离开它们，像离开兄弟一样，他是一株没有根的庄稼。

这些年来，只有河南话一直和他相亲相爱。这许多年来，他吃咸菜、流大汗、出苦力。河南话成了他皮肤的一部分，汗泥一样，黑黑的，油油的，牢牢覆盖在他身上。

离　离

离离（1978— ），别名李丽，女，甘肃通渭人。著有诗集《旧时的天空》《离歌》《蓝》。

叶子以及其他

秋天里，除了麻雀飞得更低一些，我看不到别的，除了再低一些的叶子，干枯的心，穿过风。除了我，站在雨后的新泥里。看着它们离开，它们在风里，我在西关十字。

一生中，这样的时候太多了，风声细小，尘埃明亮。

一个人在它们之间，想起去年秋天的叶子。它们从枝头飘下，之后一直在我身体里。听我说话，扫地，每天经过操场时哭泣。

宽恕我，像宽恕一只蚂蚁。

美的样子

每天接触到不一样的美，光的新鲜的样子，树的样子，橘子的样子和你们快乐的样子，我惊喜于内心里突然而来的如此细小的波澜。

和美一样，你躲在月亮的后面，变得那么不真实。让我充满了想象，除此之外，月亮落下去，只剩下你，可你还是那么不真实。

不说话的时候，我们都是静止的，风一遍一遍地吹着我们之间的寂寥，就这样荡来荡去。

苹 果

苹果花开了，苹果熟了。

苹果就是新的悲伤。

每一次走进果园，我就离悲伤更近一步，现在具备的这些，深夜里突然而至的，即使看不见新的苹果树，我也像果子一样，一会儿酸，一会儿甜，总捉摸不透自己。

夜里我想把苍老的果树抱紧，可醒来时，发现只抱着树叶上的自己。我想说出什么，内心深处的秘密或阴谋，却像苹果刹那间就熟落了。

（选自《诗潮》，2013 年第 2 期）

陈德根

陈德根(1979—),贵州平塘人,客居浙江宁波。著有散文诗集《高原回声》。

萤火虫

比一朵拐弯枣花细小,忧伤。

纤细的灯盏。这是孤独的妹妹,她放生的一尾鱼。岸边的梧桐滴落的水珠。

妹妹指尖的一星弱火,倒映淡远的村落。

一线光芒缓缓低垂,在村庄迂回。亲切的叮咛响彻原野。

反复煽动,谛听或低语,抱紧或放手……动与静都是夏夜里迷乱的音阶。

我在等待中毒的妹妹康复。

在这心动的时刻,散乱的暖意明明灭灭,铺满一生的路途。

(选自《文学报·散文诗研究》,2012 年 7 月 6 日)

水 色

三月的水色深重,像南方弯曲的前世。

我听到桥栏上，传来钢铁粗重的呼吸。无边的寂静，和一只水禽一起掠过。

那些水草已经越过河岸，河流像南方的碑座。

我看到夏天的一场雨水又带走我的一位亲人。我看到河流的墓碑被雨水肆意涂写着。

我的影子病着，斜挂在别人的城市。

河边的广场，背负着夏天黛色的光环。人们抬着漫天的水色走动，阳光像涌动的水波，在街道上奔跑。

此时，我站在河岸上，像季节最新扩建的水域，泛着温暖的光泽。

（选自《大沽河》，2012 年第 3 期）

白　鸽

白鸽（1979—　），女，原名田玉珍，回族，宁夏海原人。作品散见于《作家报》《宁夏日报》等。

落　日

山之巅，那边是落日，光被自己的利刃所刺在它的余晖里，静静的白桦林呈现，却又慢慢转入暗红，朦胧迷幻。透明的地椒草，仿佛赤红的火苗，芬芳了这一刻的宁静，香气消失在五桥河畔。

恍惚中，我驻足于夕阳前，马万山，挺拔的身姿，已被夕阳照得血红，犹如西北汉子的耿直与豪爽。

把所有的累赘全部卸去，裸露的肌肤，直奔历史的主题。

如黑水城里黑水监，一代马政控胡天。

来到这里，你一脚踩着西夏，一脚踏进明朝。那深不可测的石洞，一半明，一半暗。历史的跫音：牧马人的狂言，至今还在这里回荡。

遥望远山，黄昏延伸到自身以外，和谐而无尽的时光，触及永恒，在声响之外……

马万山，谁在牧马？

官牧山前观神骏，牧马人中数老单。

（选自《宁夏日报》，2017 年 5 月 4 日）

张鞍荭

张鞍荭(1980—),女,福建惠安人。著有诗集《告别春天》《向南走》。

桃花溪

一

她脸泛红晕,把所有的鱼群,都藏起来,再清浅的水也不能把心思写在脸上。水一窝深,一窝浅,白鹭两三行,青山相对。

她躺着望天空,秋日高远,一年总要胖一回瘦一回。手抚过身上漂流的竹排,又懒懒放下,留点点湿痕,从来处来,往去处去。

二

她才不是一条溪。愚钝的人,才总是面对面,还不知道究竟是谁流经了谁。

当声音正确地滚过你的喉间,满山的树木和藤蔓都将站起来,两岸的涧石都站起来,姑娘们的长发都站起来,整条桃花溪都站起来。

她才没有什么桃花,你撞见的白胡子老头,天天弄着竹排,永远也弄不清朝代。

桃花都是精灵，扑扑翅膀，就能落下银粉，她们提着裙角，就飞去西湖了，一路飞，一路撒些粉色花瓣。她们玩够了人间，回大林寺了，她们都掉进桃花源了，门口就放着孟婆汤，汤清无鱼。

水想要什么就有什么，拼一朵花，变一艘船，化一朵云，躺成一条溪，起个名字叫桃花，她是水，娶不回家的水。

三

一个人自尊的高度，恰好等于，一条溪的深度。溪水漾过，一堵一松，她揪着你的心不放。桃花溪，水没过胸口，浅处如是，深处亦如是。

你按住水面，水推开了，芒草刺破水，而你刺不破。现在，我们坐下好好谈一谈吧，欢迎你回来我的怀里。

第一个吃螃蟹的人正在沙上筑塔，人生不完美，不用那么好奇。

（选自《诗刊》,2009 年第 15 期）

郑小琼

郑小琼(1980—),女,四川南充人,现居广州。著有诗集《郑小琼诗选》《暗夜》,散文集《夜晚的深度》等。

荒野,花朵

风吹野草丛里的暮色,雁鸣渐渐淡化成一颗颗星辰,鱼群穿过水间浮云,清瘦的菊。

在野径。摇曳。鸟鸣撒满了杉树林。耸立的树木像一个个沉默的行人。

它们散步,看落日涂满了人生,听清风中的犬吠袅袅远行,山中的鸟只踱步而来。

一万里静谧。

一万亩寂寞。

开在枝头。结满了岁月的烟汁。粉白,淡红,素雅,山道的乱石丛中,嶙峋瘦枝,落日雕刻着它苦短的人生,多年以前的风雨在它身上留下斑驳的年轮,它的绝望、孤独被时光掏空,碾碎。有枯枝贴着疲倦的雨水,旷野弯垂沉入地平线下。

那朵朵野花陷入深不可测的迷茫。

它们散发一池忧郁的香气，袅袅洇浸。

薄雾中，它们五颜六色的蓬乱斑驳，它们摇摆，它们冷静。

它们凝重的神色朝着弯曲的山道间弯倾的落日绽开。

暮色里，青蝙蝠飞过，我们安息。

河水长流，洗净我们的肉体！

大地沉静，收藏了我们的内心！

旧　堂

月光很白，三株蜡梅开放院上。青石板上，唐朝檐滴，点点落于宋代的雕龙。

星大如斗，照着明代的溪流，长流不息的草木，年年花开，年年凋零，红尘里往事。落魄的书生读着清代的八股文。

有鱼跃出，有鸟长鸣，有花开放，老虎出没村头的山冈。

有人谈论嘉庆年间的往事，乾隆皇帝三下江南；有人坐在庭院的槐树下谈论收成，因果报应的鬼神。时光怀着忧伤，清晨在鸡冠花上凝成露滴，夜晚在星座的余晖里疼痛彷徨。

男人们抽着旱烟，种五谷蔬粮，桃花开得艳，有人落发为僧。

女人们纺着纱线，织绸缎锦绣，鹧鸪叫得伤，落红沉默千里。

他骑毛驴，进京城，读四书五经、论语楚骚，读朝代更换、帝王君臣。经书里的人生开始变瘦，瘦成毛驴里的一根肋骨，瘦成古驿道里杉树林的一阵风。

他骑着黄河与长江，骑着秋风与夕阳，骑着满树的枯枝与愁肠。

他骑着一轮浅浅的海峡，骑着东风无常的人生。

人们在戏台上虚拟着欢乐和喜欢，善恶轮回。

它倒了，倒在一场积雪的冷中。

我坐在荒草径间，看落日心怀黯然，岁月滚滚而去。

槐树依旧茂盛，椿树依旧开花，燕子依旧回来，筑巢旧梁。

（选自散文诗集《疼与痛》）

蒋志武

蒋志武(1980—)，苗族，湖南冷水江人，现居广东深圳。出版诗集《泥土上的火焰》《河流的对岸》。

我只是在行走

很多人在这个下午行走，带着时光的锐气与全身的隐身术。

我是其中的一个，与大家同行，诗稿的语言锋利无比，面对无辜的自由，行走的速度明显加快。

一切都是虚伪的，树上的风吹不下一片叶子，工业区门口的保安若无其事地看着小说，有访客他就支吾一声。

摊贩的神功夹杂着生活的喘息，深埋的蝉割去了往日鸣叫的喉咙，路边的街灯开始发亮。

我从南街前往北市，在行走之中。

后来，我莫名地从城市的一个小巷子里走进去。返回的时候，我吐出来更多的城市气泡和粉尘。

我轻声地朗读你

在深圳八年，我还没有完整地说话，没有完整地说出我的疼痛。

城市，我用最低的声音朗读你，朗读你钢铁的高架桥搭起云彩的梯子，朗读你钢筋水泥般的身板举过暴风骤雨，举过电闪雷鸣，你是多么壮观。

我曾经大声朗读过我的故乡，和溪水合唱，和清风赛跑，附和着父亲的吆喝，赶着牛羊。

城市，我不敢大声说话，在低微的底层，我的树不能再多长几片叶子，那些宽阔的道路，已是钢铁巨流。

没有埋怨，生活本来就是一条游动的鱼。如果心生疼痛，那么在异乡的城市，将爱，将汗水挤压出来，久了，异乡也是故乡。

抱着一生里全部的力量，城市，我将压低自己，在这个下午，怀抱自己轻声朗读你。

此刻，你也会减轻自己的重量。

深呼吸

这个下午，我们见到了什么？

冬天的脸色是多么阴郁，刚才还是暖阳，现在却刮起了冷风。

那些需要保暖的人，是否备足了御寒的棉衣。冷风去了更远的地方，我们陷入沉思之中。也可以回忆，回忆昨天下午经历过的时光是那么陈旧、柔软。

昨天已经与我的深呼吸去了远方，另一个深渊。

这个下午，我写下了“反抗者”三个字。

而其他的，在我的深呼吸中消亡。

（选自《大沽河》，2013 年第 3 期）

白　琨

白琨(1980—　),山东泰安人。作品散见于《星星》《散文诗》《散文诗世界》《时代文学》等。

飘花·禅

里面藏着笔墨和纸。

墨就在那里,不多不少。纸就在那里,云卷云舒。

我关心执笔的人,怎样按住尘心,任沧海桑田,在笔尖打禅,由着墨滴在水里随腕而转,随念而生。

烟有烟的走向。那些吃斋念佛的人目光向西。

这样的纸墨是刚刚好,不管江山千里、河流万顷。

在三尺宣纸。

安得住心,就是禅。

蓝水·放下

可引一片月光入茶。

味甘、性平微凉,宜解心毒。

女子在小窗前习字,风尽是摇着芭蕉,莲花开。

门环启铜绿，那人在小篆里反复出现。

负与不负，时光不带银两。

而杯盏可盛月光、毒药或空气啊。

放下什么，就是什么。

风尽是摇着芭蕉，莲花开。

鸽子的美好

驶往农村，空气也显得质朴。

在高速公路的拐口，一些白鸽，轻轻起落。

像女人的手指在空中，随意比画。几个音符，就洁白落地。身后就是呼啸而过的车，这种秩序，多像野菊花穿过秋天的骨头，每个声音都泛起了光。

想起，昨晚在广场见到的一位舞者，她的舞，不矫揉，不死板，是那种旁若无人的陶醉，混在参差不齐的动作里，令人难忘。

其实就是这样，美好，不需要经过别人的同意。

（选自《山东文学》，2017 年第 11 期）

赵目珍

赵目珍（1981— ），山东郓城人。著有散文诗集《无限颂》。

闭门谢客

闭门谢客，就是与万物建立另一种灿烂的关系。
它内美，让日常与历史脱离纠缠。
然而相对于自然，它亦非局外。
在这里，有骑鲸者，有御风者。
唯独不见王公大人，以及他们所殃及的车马辐辏。

此为恍惚之地，坤舆辽阔。
到处都是兄弟，但不一定骨肉相连。
到处都是故乡，有鹭鸟翻飞。
但仍然是闭门谢客。
我是这样一种行为的崇拜者。
即使到了最后，也无须找寻蛛丝马迹。因为暗示已存于你我。

闭门谢客！

你看，闭门谢客多么好！

推开窗子。面对南山，明月一泻千里。

（选自《星星·散文诗》，2017 年第 7 期）

周根红

周根红（1981— ），安徽安庆人，现居江苏南京。作品散见于《诗潮》《散文诗》《山东文学》等。

悬崖上的树

再往前一步，便是万丈深渊。

一粒种子的命运，写满伤痕。婆娑的枝叶，是绿色的火焰，在蓝天和白云之间，燃一句刚劲的誓言。在目光之上，你挺拔的高度，让思维接近峭拔。

一棵树，就是悬崖的翅膀，挂满鸟鸣，晒晾着空谷的梦。一棵树从岩石里凸现，一步步迫近天空，迫近爱的纯净。

长年在风险上行走，需要多大的勇气和胆量。

（选自《散文诗》，2013 年第 4 期）

桃花说谢就谢了

那么快就转过身去，比跌落悬崖还快。

一朵花就这样迅速地远离春天的微笑，那消失的背影，流淌成日子宽阔的河面。

而我还沉浸于桃花的一场爱情里。那是多么宽阔的光阴，多么宽敞的幸福啊。春天踮着脚在桃枝上一点点聚集。它们紧握自己的灯笼，使事物逐渐明亮起来。

此刻，众鸟飞过的天空，只留下桃花转身时的满城风雨。当我跟桃花一起飞翔，然后再落下之后，农妇们开始汲水、淘米，在炊烟里伸长脖子。人们回到家里，他们在餐桌边坐下来，讨论今年的桃花。

桃花说谢就谢了。整个大地坐在那里，圆润，干净，像一座没有人的房子，余香仍在。而大地却满满地空着。

（选自《散文诗·校园文学》，2007 年第 1—2 期）

释空一

释空一(1982—),字一默。作品散见于《散文诗世界》《散文诗》等。

尘　梦

何处不寂寞,那里一定没有我。

总想远离尘世,找一个只有梦的地方。得一闲字,被青山绿水埋葬。

伐树采草,搭三两间茅舍于云雾梦幻之间,谓之“闲梦居”。读罢佛经,静听禅声,渐入佳境。箫与鹿品,琴送鹤行,煮茶饮酒。逍遥成诗一首:“前不见古人,后不见来者……”

醒了方知是梦。

“梦亦如此,还怕走不出尘世。”

“是谁?”我问。

无声。

远　行

绕过这条河,便是天涯了。

寒霜一路，把秋天写到了极点。风再紧一些，日子就成了冬天。

这次远行，本来就是一场生死。过程，是最美的。泪水化作了一场烟雨，把整座山迷离成一部传奇。足印，清清楚楚地留了下来。摸一下，还热着哩！

又是霜风雪雨。

远方的人儿，一定要关好窗户，小心着凉。

拨开一片清冷

拨开一片清冷，便是寂寞了。

寻寻觅觅的目光，早已穿过了这座山，绕过了那条河。困了，眼睛仍睁着。

泪水，就是这么来的。

一壶薄酒，三杯两盏，把一愁字醉成了一场雨。

心事，湿漉漉的，拧也拧不干。

菊花，已憔悴得惨白。那身傲骨不知被遗落在哪一个角落。飘零，成了最后一道风景。

东篱，越发寂寞了。

“还能拾起吗？”

清照自语，随后惨然一笑。

明天就入冬了。

（选自《散文诗世界》）

田字格

田字格(1983—),女,本名马莉,江苏武进人。著有诗集《灵魂的刻度》。

我与我

山泉湍急,听了一夜。
山风倒灌,被褥单薄。
半夜醒来,忽然发现,枕风饮泉的是陶潜和我。

南普陀寺

你好,灵鹫山拈花的世尊。
你好,默然微笑的大迦叶。
你好,西行五万里,译经一千三百三十五卷的玄奘。
你好,来中土传法,一苇渡江,面壁九年的达摩。
你好,磨砖未成镜,竖指被砍之者。
你好,推搡着挤过生死门的人。
你好,你即我。
走,吃茶去。

云水谣

简啊围水坝，土石上两人是为“座”。

座上宾，不要走。溪声潺潺在留你。

浑然不觉的水草长啊长，你的春愁又多一寸。

石坝拦腰截回东流水，心无旁骛的河流请为我停一停——娃要扎猛子，一头扎进蓝天白云里。娃说，姆妈，我把手机扔下去，留个纪念吧。

（选自《上海诗人》，2017 年第 3 期）

蒲永天

蒲永天(1984—),笔名雨杨,甘肃临洮人。出版诗集《爱飞翔的树》。

月光鸟

像一颗颗晶莹的晨露,从树枝间洒落。

一只鸟的歌唱,在努力留住昨夜的月光,它的啼唱,清冽、光华闪烁。

好像朗朗月光,最后的清澈,悬在高处。宛如绝唱,在唱月光的纯与净,灵魂的真与善。

一滴滴鸟鸣滴落,月光逐渐散失,像是灵魂的香气,遥远而绰约。新的晨光,大批到来,露珠的城堡里,开始颠覆昨夜的记忆,直至一只月光鸟,散尽体内的晶莹。

月光鸟,就是清晨一滴硕大的露珠,在不断的啼唱里有了更为真实的血肉躯体。

它替离开月光的大地,发出声响,它把梦境,导向现实的境域。

鸟儿远逝,如果说它的歌唱,是灵魂的需要,那它的飞翔,更像是一种使命与责任。

野　火

野火燃烧起来，顺着山势向上蔓延。

无人归属，它如一阵风，一坡的草，肆意地扩展、撕扯，挑衅四处腼腆的事物。

野火烧起来了，像一只野兽，呼着烟雾，龇着火红的口齿。

人们终于来了，半面山坡全被它吞噬干净。

准备了那么多工具，这只野兽却悄然驯良起来，只有小小的火舌，跳跃着，庞大的躯体已经空空如也。

野火，跟所有野生的事物一样，在众人到来时，消失了。

然而，会不会像野生物一样，在人们走后，它又重新肆虐起来？

寂静的河谷

低处的河谷，蓄满寂静。

静卧的卵石，不断吸收阳光的温暖，它见证春天在这里悄然铺展：

溪水不经意间打湿两岸，湿软的泥土上，留下一只山鸡的足印；

一只野兔，欢快地跳跃，不远处盖着草皮的山坡，被它破坏得面目全非，在这个初春里，一只野兔要做幸福的母亲；

烧过的草地，布满黑色的疼痛，然而阳光和流水，早就用新一轮的绿色，抚慰受伤的泥土，把最显眼的春色，搬至这里；

一只水鸟，展翅，逡巡……

寂静的河谷地带，被看不见的力量支撑着，在低处汇集暗流……

（选自《山东文学》，2016 年第 1 期）

毕　亮

毕亮(1985—　),笔名毕梓桐,安徽桐城人,现居新疆伊犁。作品散见于《青年文学》《作品》《扬子江》《山东文学》等报刊。

怀念黄昏

下午七点的乡政府,一片沉静。

那时候,太阳慢慢回家。我正在梨城库尔勒的一个乡政府。

整个政府院子里只有我一个人。满树压断枝丫的桃子,我曾经在天黑之前翻墙去偷一袋子回来,消磨一整夜的星空。

库尔勒香梨那时候还没熟。天太热的时候,我会在梨园里静静坐着。

我在这里,住过足足两个月。每天下午七点,还不到下班时间,人都走完的院子,我坐在那里。看太阳下山的全过程。那两个月,我第一次看到星星的出现。

寂寞无聊的两个月,唯有黄昏是多彩的。我曾经赋予无数笔墨去书写它,在我的诗里。给我无限安慰的黄昏呵!

没来由的,在几百里之外的另一个城市,再一次想起。

我的那些黄昏,又一次出现在我的诗歌里。

家　书

我曾经每一个月给家里寄一封家书。那时候刚上大学一年级。在通讯已经很发达的时候，我每个月如此。

我不知道，这些家书是怎么经过漫长的路程？这一万里是怎么过去的？它到达父母手中会是什么样的？

后来，我回家。在父母枕下发现了我的那些信。整齐地躺着，被翻得有些破旧。

再后来，我不写家书了。每周给家里打个电话，报平安。心里却像是少了些什么，空荡荡的。

瓦

瓦，绝对是乡村的记忆。那些打水漂的瓦片。涟漪是童年的一个个浪花。被糊在墙上的碎瓦，直到墙体斑驳。

某一天，记忆成了记忆。

就是你长大的时候，或者开始远离。

现在的村庄，瓦还有多少？当时用鳞次栉比来形容，已经不再适合。

楼房越来越高，平顶的。诗歌里的屋顶，没有了。极少的瓦，被杂乱地码在院子一角。任风吹雨打，直到风化。

现在的孩子，已经不再打水漂了。他们的世界里没有这些。

等有一天，他们会思考，书本里出现的“瓦”是什么？

作为记忆的瓦哟……

（选自《散文诗作家》，2009 年第 1 期）

马东旭

马东旭(1985—),河南宁陵人。在《诗刊》《诗潮》《星星》等100余家报刊发表作品。出版诗歌草本《申家沟》。

谷 水

谷水杳杳。

在《水经·阴沟水注》里吐露着沉寂。

我在可安歇的水岸启开古籍。读水草、读菖蒲、读布衣,读闪烁的万物和光。这些柔弱的水、不朽的水,捧出鲜花、五谷和羊的眼神,捧出大片的野鸭,抱水而眠。我深爱着的水,五百年前已丢失了的水,只苏醒于这薄薄的纸笺上。

蜿蜒、曲折,它金子一样绕过“己吾城”,奔向东南。

如时光之一掠,永不回眸。

落 叶

落叶,倾倒出阳光。

水,或者水。

以及它体内模糊的灵魂。在傍晚,缓缓掠过。是的,它就要从高处坠下来。譬如一枚词,进入黑夜。我必须动用整个平原:神赐的美丽与凉薄,来哀悼。落叶,犹如我身上的黄金之羽,已左右不了西伯利亚的寒流。

从此。它蜷于时光的尘土,再也不能返回到光鲜的枝头。

这死尸。

这一切,即是虚无。

经　过

落日经过我们。

经过我们的屋顶。

我们的绿树,村边合。我们的羊群辽阔。它构成的黄金布匹,缓缓盖住了一条叫申家沟的河流,盈满蜜汁。龙葵、苘麻、决明子在两岸纷纷吐出花朵,扑向苍茫的天空一动不动。只有三五个闲暇的村妇,瞥见。

不赞美。

也不诅咒时光。

她们谈论遥远的丈夫,平原的麦子,就要熟了。我看到的,一张张安宁的脸,涂着针尖一样细小的幸福,不可说。

和炊烟的色彩。

(选自《延河》,2016 年第 9 期)

潘玉渠

潘玉渠(1988—),山东滕州人,客居四川金堂。作品散见于《星星》《扬子江》《散文诗》等。

南 下

乘车南下,一人而已。

或许,黑色的轨迹,能够带来更为浩大的光明——

三月,沿途的每一天,都是烟花烂漫的日子。

土地安详,似绿底的绸缎;花莺,用柳丝与河水编织着头饰与乐器;泥墙在灌木的簇拥下,也仿佛成了一纸尚未定稿的诗章。

当我置身于乡野,灼烫的城市气息便不再珍贵。

驷马,钟鼎,还有脂粉与扬尘……

这些意象中的繁华,正逐一被内心轻视,或舍弃。

有那么一些时刻,我想停止下一程的奔波,找一截未曾雕饰的山水,扎个营寨,将人生的悲喜,说与一茎温良的稗草听。

再向它讨个主意,丢下牵绊,闭着眼睛随风摇曳。

(选自《散文诗世界》,2016 年第 5 期)

左 右

左右(1988—),陕西商洛人,现居西安。著有散文诗集《在那王维出没的地方》,诗集《迟火车》。

狗尾草

一株狗尾草,在山坡上摇曳着它零散的苍茫。

蚯蚓把自己的身子,埋得很深,又露得很浅。蚯蚓和狗尾草是一对忠诚的伴侣。它们相互怜悯,相互与秋风拥抱。

狗尾草喜欢和石头做邻居。它们之间,有太多恩怨,太多秘密。夜深人静的时候,月亮掏出自己的耳朵,偷听它们之间,坚硬与柔软的悄悄话。

狗尾草讨厌河水。一望无际的河流,让狗尾草失去活下去的勇气。一到秋天,它就提前准备好灰色的绝望。

一株狗尾草,是一地庄稼的晴雨表。春种秋收是它们共同的执着。

一株狗尾草,是一个农人,最不忍面对的童话。

狗尾草也会老去。在荒凉之地,它无疾而终,会为自己修好一座爬满鲜花的新坟。

(选自《扬子江》,2016 年第 4 期)

徐　晓

徐晓(1992—　),女,山东高密人。著有长篇小说《爱上你就幸福了》《请你抱紧我》,诗集《局外人》等。

雪,落在一朵花上

远行的雪,赴一场迟来的约。那夜的雪落,染白了夜,一朵花笑了,笑得忘记了冬天是如何将寒冷打在它的身上。

就在这样一个泛白的夜,一场花开以另一种不易察觉的方式,怒放着。

抵达的雪,漫天的芳香,不约而同就是一个默契的微笑。

雪,试图要把自己盛开,开在一朵花上。

沾染着岁月的余香,消融不掉的是永恒的那场天地独白,凛冽而决绝的勇气,最终尘埃落定。

风,吹过辽阔的海

那是怎样一场燃烧,于狂烈躁动的呼啸声中燃尽。

这场风,在浪花之巅狂舞,舞出了一个时代的最强音。

生命被风拥抱着，竭力静止成一尊不变的雕像，风于是幻化成神，不动声色地侵入一个人的内心。

刻意雕琢生命中不期而遇的劫难，将它滚成一个雪球，风愈吹，它愈坚硬。

河，流进岁月心里

深深浅浅的脚印，盈满弯弯的月色。

河流静静地流淌，在微风吹拂的岸边，缓缓滑进岁月的心里。

一条河，该有多长，才能将它过去的历史悉数铭记？

当年伫立的地方，那棵柳树是否还在执着地等待着一个归人？

鱼儿唱起了歌，在如水的月色中，它们与河流融为一体，共同撞响岁月深处的风铃。

（选自《大沽河》，2013 年第 3 期）

李咏梅

李咏梅（1992— ），山西原平人。诗歌散见于《星星》《扬子江》《飞天》《延河》等。

野　花

此生我们会不停地路过田野。

冬日的乡村，田野上万物沉睡，满目枯黄，我知道那里一定曾有野花疯了似的开放。

花开见佛，花落便成佛。

所谓轮回，不过都是时间的舍利子；不过是这世上雏菊开过，蝴蝶飞过，青草青过，而我也恰好来过。

你也来过。

你曾在田野上看到过许多只蝴蝶，却从未弯腰认领它们的悲喜。

它们飞，它们落，它们化成待字闺中的女子，它们化成手摇折扇的书生。呵，我们曾亲自化作两只现代的蝴蝶，倾心演绎着古典的爱情。

已经有无尽的野花在香气中自焚。

我穿花而过，会不会成为其中的一朵？

（选自《星星·散文诗》，2017 年第 10 期）

荆卓然

荆卓然(1997—),山西阳泉人。著有诗集《小鸟是春天的花朵》,散文集《桃花打开了春天的门窗》。

夜晚,出去走走

夜色,淹没了所有的具象和意象。

黄土高坡上,只有几只灯泡和我,把孤独的身影,铺在孤独的小路上。

我也成了大自然的一部分。身影的假和肉体的真,此刻犹如双胞胎。

此刻,连我也闹不清楚,贴在地面的那个影子和直立行走的我,到底哪一个更加接近真实。

曾经,我们都匍匐在大地上,多少亿年的进化,我们才站成黄山和泰山的巍峨。

夜晚,出去走走,把潜伏在心中的黑,掏出来,扔掉。

夜晚,出去走走,最好能够打一盏灯笼,把丢掉的时光,找回来。

荆　棘

不要看我弱小，浑身刺的刀枪，足以让我效仿宋江，占山为王。

自由、豪气、沉默、荒凉——四员大将，守护着我，内心的江山。

家里盆栽的花草，虽然吃喝住行……皆不愁，但一席之地，怎能容下我，胸怀四海的梦想。

雨雪是我的好酒，黄土是我的爹娘，石头是我的干粮。母性的地球，任我根须的马匹，万里驰骋；辽阔的天空，任我枝叶的翅膀，自由翱翔。

随心所欲不逾矩，花开花落不喜悲。井底之蛙怎能懂得，陈胜为什么会有鸿鹄的志向。

若想站得高，望得远，就要敢于拆掉心中的围墙。宁可舍掉牡丹的待遇，把自己贬成一株荆棘，也要站在野外，把蓝天存入眼睛，把大地攥在手掌。

（选自《散文诗》，2015 年第 10 期）

跋

多说几句话

王泽群

抖起胆子决定组织一个民间团队，来选编《中国散文诗一百年大系》，是因为五十几年的笔耕墨耘，深感一百年来中国的白话文写作，因为民族所遭受的苦难、国内外战争、极"左"思潮的影响等，其有关文学艺术的各种题材与体裁，都很难梳理出一个比较正确的，能表现出这一百年道路的文本来。小说、诗歌、散文、杂文就不去说了，即便影视、戏剧、曲艺、歌曲，要用一种历史的眼光做一裁定，也相当难。

散文诗却不同，这个与白话文运动几乎同时兴起的文体，一百年来，从鲁迅的《野草》，到当代的许多名家、大匠的散文诗集，一直在中国文坛的边缘上，有些寂寞且踬踬颠颠地顽强生长着，繁衍着，变革着，前进着……它虽受到世纪风云大的影响，却仍然保持着一代又一代人的执着探索，翻新，求真，求善，求美。这大不容易，大不容易却走了过来，值得研究探索。

于是，便联系了同道，决定做这件不大不小的事。

感谢年逾九十二岁的耿林莽先生。

耿先生在改革开放之始，便致力于散文诗的创作与研究，并利用《青岛文学》《散文诗》等杂志的平台，提携、引领了一大批年青才俊一起前行，为当下中国散文诗的繁荣、发展，立下了不可小觑的功绩。正因此，青岛的散文诗创作队伍，不仅一直壮大着，且涌现了一批在国内外都有影响的大匠名家。放眼望去，青岛的这个散文诗平台，是有相当高度、相当规模的。

于是，我们基本以青岛的散文诗优秀作者为骨干，兼也聘请了我们认为在散文诗的探求创新方面，有想法、有成就、有影响的外地优秀作者，组成了这支队伍。虽然，好多高手名家，我们没请到，但散文诗的园子很大，或一枝独秀，或百花盛开，都是当今的春色。

我们的想法很简单:做一次“梳理”，使这套《一百年大系》既可做观赏卷，也可做研究卷，甚至可以当作一种工具书。

想法有点儿大?

然也。没有大的想法，哪有小的成绩?

鉴于这是对散文诗一百年的回望，我们的“选编原则”是前粗后精，即尽量把早期的作家与作品都收录进来，亮给今天的散文诗爱好者把玩、赏读、学习、借鉴;而近三十多年，由于散文诗作者队伍的蓬勃壮大，散文诗作品呈现出百花齐放，花色纷呈的特点，我们在选录作者与作品时，就必须多下一些功夫，争取把当代的散文诗名家、才俊和他们的代表作尽量选出来。这就必须精挑细选。当然，不可能“挂一漏万”，但也绝对不可能不“挂万漏一”。

敬请散文诗作家和读者诸友理解,宥谅为盼。

“百花齐放,百家争鸣”,早在两千多年前我们老祖宗就提出来了。

但除了春秋战国那一个不短也不长的时代,这种哲思理念因为各路诸侯与“王”们的争打不闲,曾经普盖了众生。其他时间里,它几乎真的只成了一种哲思理念,甚至只是一个口号。

有心的读者可能注意到了,在《一百年大系》的总序中,耿林莽先生认真地对散文诗的诞生、成长、发展、繁荣,做了精准概括的表述、分析、总结。同时,各分集主编撰写的《序》则尽量地体现、实践着老祖宗的这一哲思理念。

当然,我们做得并不好,良莠不齐。但我们试着在做,努力在做。任何事情,总得有人在做,才知道它好,或是不好。

我们也等待着各路的批评与指教。“活到老,学到老”,也是老祖宗留给我们的一种永远不死的哲思理念。

在我们这个民间团队——十人中已有六人正式退休——决定一起合作编辑《中国散文诗一百年大系》的时候,青岛市文联党组书记魏胜吉先生,青岛荣德文化传媒集团董事长郭胜森先生,中国散文诗终身艺术成就奖获得者耿林莽老先生,在精神上、方向上、资金上,都给予我们强有力的支持。在此,一并真诚感谢。

尊敬的朋友们,没有你们,也就没有这一部《中国散文诗一百年大系》。泽群代表所有同道鞠躬。

图书在版编目(CIP)数据

中国散文诗一百年大系. 8, 闲情逸趣 / 雨倾城编
. — 青岛 : 青岛出版社, 2019.10
ISBN 978-7-5552-8416-1

Ⅰ. ①中… Ⅱ. ①雨… Ⅲ. ①散文诗-诗集-中国-现代②散文诗-诗集-中国-当代 Ⅳ. ①I226.6

中国版本图书馆 CIP 数据核字(2019)第 167175 号

书　　名 中国散文诗一百年大系
本册书名 闲情逸趣
名誉主编 耿林莽
主　　编 王泽群
副 主 编 韩嘉川　栾承舟
本册主编 雨倾城
出版发行 青岛出版社(青岛市海尔路 182 号,266061)
本社网址 http://www.qdpub.com
责任编辑 张姗姗
特约编辑 王　伟
照　　排 青岛新华出版照排有限公司
印　　刷 青岛国彩印刷股份有限公司
出版日期 2019 年 10 月第 1 版　2019 年 10 月第 1 次印刷
开　　本 16 开(710mm×960mm)
印　　张 26.75
字　　数 270 千
书　　号 ISBN 978-7-5552-8416-1
定　　价 599.00 元(全八册)
编校印装质量、盗版监督服务电话　4006532017　0532-68068638